長州藩
部落民
幕末伝説

西田秀秋

社会評論社

【凡例】

「穢多《えた》・非人《ひにん》」等の表現と共に、「賤民」「被差別部落」の用語を適宜用いた。特別に説明した場合を除けば、これらはすべて同義語として使用している。

長州藩部落民幕末伝説＊目次

Ⅱ

Ⅲ

プロローグ　青田伝説

慶長《けいちょう》五（一六〇〇）年の関が原《せきがはら》の合戦《かっせん》以降、毛利《もうり》氏は防長《ぼうちょう》二国に移封《いふう》された。藩主毛利《もうり》輝元《てるもと》は慶長《けいちょう》九（一六〇四）年に領国の防長《ぼうちょう》へ移り、萩《はぎ》城築城を開始した。同時に藩体制の整備を企図《きと》し、その一つとして、藩内に数多くいた雑戸《ざっこ》といわれる人々を、意図的に一定の集落に隔離《かくり》するということを行った。

その一例として、天正《てんしょう》期には山口の中心街・道場門前町の西端に居住《きょじゅう》していた皮屋《かわや》十八軒は、田畑も持ち経済的にも自立し、山口の町衆と対等に安定した生活をしていたが、慶長《けいちょう》九（一六〇四）年三月三日には、藩は山口垣之内《かきのうち》の十八軒に対し、強制移動《きょうせいいどう》の命令を発している。

新居住地は城下から遠く離れたところに設定し、周囲には特別様式の垣根を張り巡《めぐ》らし、そこが被差別の隔離《かくり》集落であることを画然《かくぜん》とさせた。従来持っていた田畑四十一枚も藩が取り上げ、平民とは異なる「家職《かしょく》」として、斃牛馬《へいぎゅうば》の処理と皮剥《かわは》ぎ・夜廻《よまわ》り役《やく》・牢番《ろうばん》・捕吏《ほり》の仕事のみに就《つ》くことを強《し》い、町民や百姓たちとの間に歴然《れきぜん》とした境界を作り出した。

この間、藩は領民支配を容易にするための宰判《さいばん》制度をしき、当初は十八区画に分割し、それぞれに勘場《かんば》（代官所）を置いた。宰判《さいばん》内をいくつかの村に分割し、庄屋を配置して村内行政を行わせ、村内を細分割《さいぶんかつ》し、そこには必ず「畔頭《あぜがしら》」を置いた。こうして穢多《えた》村は「畔頭《あぜがしら》」の支配下に置かれたのである。そして、この時を最初に、萩《はぎ》藩においては穢多《えた》の職業は厳《きび》しく限定された。中に芸能のみに携《たずさ》わる者もごく少数はいた。これら厳《きび》しい統制《とうせい》下に置かれた穢多《えた》たちは、初め牢番《ろうばん》の夫役《ふえき》を拒否《きょひ》し抵抗《ていこう》したが、藩は力づくでこれら諸施策《せさく》を断行《だんこう》した。これが慶長《けいちょう》九（一六〇四）年三月の「注進案《ちゅうしんあん》」に見られる穢多《えた》形成の端緒《たんちょ》であった。

以降、正保《しょうほう》二（一六四五）年の改革によってこの動きは一層強化され、百姓と穢多《えた》を分断し、穢多《えた》には斃牛馬《へいぎゅうば》処理を行わせ、毎年百枚の「こっとい皮」【注・「こっとい」は牡牛《おうし》のこと。兵具の材料】を上納《じょうのう》させることをもって、藩が皮革《ひかく》生産を一手に握り、皮屋《かわや》を統制的《とうせいてき》に把握《はあく》した。やがて山陽沿《ぞ》いの穢多《えた》村では、芝境画定《しばさかいかくてい》（斃牛馬《へいぎゅうば》処理権）が、小郡宰判岐波《おごおりさいはんしば》村、舟木宰判棚井《ふなきさいはんたない》村間の村どうしで行われることにもなり、萩《はぎ》藩の意図《いと》は貫徹《かんてつ》しようとしていた。

だが被差別民たちは決してこの政策《せいさく》に納得《なっとく》したものではなかったが、生きて行くために、藩の命令に沿《そ》いながら、年間百枚の「こっとい皮」を上納《じょうのう》していくこととなった。

御両国長吏皮屋《りょうごくちょうりかわや》役に補《ほ》され、また、穢多頭《えたがしら》として山口垣之内《かきのうち》の吉左衛門《よざえもん》は藩内の穢多《えた》村より「こっとい皮」を買い集めた。それが彼の務《つと》めであった。苦しい中にあっても、彼らは、旺盛《おうせい》な生活力をもって斃牛馬《へいぎゅうば》を処理し、こっとい皮を生産していった。やがて百姓たちよりも潤沢《じゅんたく》な生活を送るまでになっていった。片方、百姓たちは凶作《きょうさく》につぐ凶作の中で、厳《きび》しい年貢《ねんぐ》の取り立てに追われ、まさに塗炭《とたん》の苦しみの中にあった。

こうした時、人の常として、建前上、門閥《もんばつ》・血筋《ちすじ》を比較して、自分たちが上だと見なしている人々は、見下していた彼らより、実質の生活において自分たちの方が苦しい状況《じょうきょう》に追い込まれていると知った時、そのような仕組みを作り出した者や、押し付けてきた者に反抗することは少なく、多くは見下していた人々に向かって、怨嗟《えんさ》・嫉妬《しっと》・憎悪《ぞうお》を持つようになっていくもののようである。たかだか百年前には見られなかったことが、いよいよ現実《げんじつ》のものとなって来ていた。

山口での祇園祭《ぎおんまつ》りの祭礼《さいれい》で、氏子《うじこ》の中で、皮屋《かわや》として他と同じに肩を並べていた者たちを、予断《よだん》・偏見《へんけん》・蔑視《べっし》の念に固《かた》まっていった平民たちは、やがて氏子《うじこ》の中から彼らを排除《はいじょ》していくようになる。この背景《はいけい》には、こっとい皮の生産が順調《じゅんちょう》に行われていくことが、自分たちが追いつめられて行く原因になっているとの考えが、平民たちの中に固まり始めたからでもあるだろう。

一方、被差別民たちも彼らなりに、身分制に対する抵抗《ていこう》を、間断なく繰《く》り返していた。そこでは百姓たちへの憎しみも、また当然募《つの》って来ていた。農業への進出は、藩の厳《きび》しい命令によって禁止されてはいたが、被差別民の中で財を蓄《たくわ》えた者の内には、それを破ってまでも百姓たちから田畑を買い取る者さえ出ていた。

或《ある》いは、藩によって罪《つみ》とされていた平民と一緒になって商売をしたり、つきあいをするなど、敢《あ》えて行う者も出て来ていた。中には、平民に紛《まぎ》れて身分を隠《かく》し、住所を替え、職業を変え、衣服頭髪《とうはつ》も農町民の様子をして農町民の中へ紛《まぎ》れ込んでいく者もいたし、藩が最も警戒《けいかい》していた平民との恋愛・結婚に挑戦《ちょうせん》する者も出て来ていた。ただ、そのいずれもが不幸な結末《けつまつ》を迎えていたことは、御仕置帳《おしおきちょう》に書き記《しる》されている。そこには町人たちによって仲間が無法《むほう》に制肘《せいちゅう》されたことに抗《こう》して、町人たちと乱闘《らんとう》に及《およ》んでいることも記録《きろく》されている。不当な身分制に対する、これら一連の抵抗《ていこう》があり、身分制を保とうとして、厳《きび》しい統制《とうせい》を行う藩との相克《そうこく》は厳然《げんぜん》としてあったが、藩は強権をもってこれに臨《のぞ》んだ。

この頃長州《ちょうしゅう》藩全域に『青田伝説《あおたでんせつ》』が流布《るふ》され始めた。これは相次ぐ不作・凶作《きょうさく》の中で呻吟《しんぎん》する百姓たちの鬱積《うっせき》や怒りを、藩にではなく被差別民に向かわせる狙《ねら》いを持って、故意《こい》に作り出されたものなのであろう。

その伝説とは、牛馬の皮や骨など、穢《けが》れ物《もの》を持ち運ぶと竜神《りゅうじん》の怒りを買い、その時きまって暴風雨《ぼうふうう》に襲《おそ》われ、稲の生育に大打撃《だいだげき》を被《こうむ》るという体《てい》のものであった。このまことしやかな「言い伝え」は、またたくまに百姓たちの間を駆け巡り、穢多《えた》に対する怨嗟《えんさ》と憎悪《ぞうお》をいっそう掻《か》き立て、その結果が百姓による皮革運搬妨害《ひかくうんぱんぼうがい》事件の頻発《ひんぱつ》であった。これには藩は初めの内、被差別民による皮革《ひかく》業を擁護《ようご》する立場を取っていたが、時が経《た》ち上層部《じょうそうぶ》による差別政策の意図《いと》が強化されるに伴《とも》って、皮革《ひかく》に絡《から》まる紛争《ふんそう》が徐々《じょじょ》に増加して行くことに、藩は対応せざるを得なくなったこともあって、皮革運搬《ひかくうんぱん》の時期・時間・通路を制限《せいげん》するようになっていった。

時は移り、萩《はぎ》藩は正徳《しょうとく》元（一七一一）年より財政再建《ざいせいさいけん》を図《はか》って、様々《さまざま》な統制令《とうせいれい》を発した。正徳《しょうとく》三（一七一三）年には、宮番《みやばん》・茶筅《ちゃせん》までも「穢多《えた》」と一括《ひとくく》りにして、一定のところへ押し込めた。この時の御書付《おかきつけ》は、七条からなり、代官より各庄屋《しょうや》あてに通達されている。

とどのつまり、その時々によって藩は揺《ゆ》れに揺《ゆ》れ動き、宝暦《ほうれき》元（一七五一）年には十一月から翌年三月までの間のみ船積《ふなづ》みを許可した。ところが、被差別民・百姓いずれにも与《くみ》しかね、またぞろ制限の緩和《かんわ》を図《はか》り、翌年には六月から立秋《りっしゅう》の間も許可する始末であった。宝暦《ほうれき》十三（一七六三）年には、山口の被差別民が期限外にひそかに皮の積み出しを行って処罰《しょばつ》されている。

こうしたことはかなり行われていたとみられ、百姓らの迷信《めいしん》はますます募《つの》り、被差別民への差別感情は増幅《ぞうふく》して行った。時限厳守《じげんげんしゅ》の要求はより強いものになり、天明《てんめい》五（一七八六）年には六月から立秋までの期間が禁止されている。天明《てんめい》七（一七八八）年には十月から翌年の二月までとなり、文政《ぶんせい》六（一八二三）年には皮革運搬《ひかくうんぱん》をめぐる三田尻《みたじり》での騒動《そうどう》の結果、再び天明《てんめい》七

（一七八八）年の期限が再確認されている。『青田伝説《あおたでんせつ》』の蔓延《まんえん》に歩調《ほちょう》を合わせるかのように、藩は御触《おふ》れ書《がき》を度々《たびたび》変えた。こうして「言い伝え」はますます真実味を持つようになっていった。この間、藩は平民達の動きに左右され続け、そのことが新たな差別を生んで行く結果にもなった。

長州《ちょうしゅう》藩全体を巻き込んだ天保《てんぽう》二（一八三一）年七月から八月にかけての一揆《いっき》で、藩の上士《じょうし》・家老浦靱負《かろううらゆきえ》は、一揆《いっき》騒動の中で、被差別民が平民たちと騒動に及《およ》んだとの報告に、「被差別民を殺せ」とまで命令を発する始末《しまつ》であった。石見屋嘉右衛門《いわみやかえもん》・紙屋儀兵衛《かみやぎへえ》に対する、皮番所《かわばんしょ》での百姓たちによる詰問《きつもん》から端《たん》を発した一大騒動《いちだいそうどう》の裏には、実は以上のようなことがあったのである。

この時期の騒動《そうどう》の中では「穢多《えた》狩り」がいたる所で起こっていた。ここ長州《ちょうしゅう》藩でも最も残酷《ざんこく》な事件として、それは招来《しょうらい》されたのである。百姓たちの間に急激《きゅうげき》に形成されてきた穢多《えた》への怨嗟《えんさ》・嫉妬《しっと》がもたらす、憎悪《ぞうお》を巧《たく》みに利用しつつ、あえて「穢多《えた》を殺せ」とまで指示した長州《ちょうしゅう》藩上層部の意図《いと》は、この後も多くの悲劇的《ひげきてき》な事件を生み出していくのである。

何度目かの産物会所《さんぶつかいしょ》の統制強化《とうせいきょうか》が、五月になってまた行われた。それから三カ月後の天保《てんぽう》元（一八三〇）年八月、上関《かみのせき》・熊毛《くまげ》・都濃《つの》の各宰判《さいはん》を中心に国産御内用反対一揆《いっき》が起こった。この一揆《いっき》は一年後に起こる大一揆《だいいっき》の前触れであったのだが、この折りには、双方ともにそこまでは考え及ばなかったようだ。

年が明けて、天保《てんぽう》二（一八三一）年七月二十六日、長州《ちょうしゅう》藩の御用商人《ごようしょうにん》「産物《さんぶつ》方御内用御用達《ごようたし》」石見屋嘉右衛門《いわみやかえもん》と紙屋儀兵衛《かみやぎへえ》は、萩《はぎ》での商談を済ませて、未《ひつじ》の刻、城下を出立《しゅったつ》し、萩街道を通って山越えで三田尻《みたじり》の中の関に向かっていた。夕闇《ゆうやみ》が間もなくと思われる酉《とり》の刻、吉敷《しき》郡小鯖《こさば》村観音原《かんのんばら》の皮番所《ばんしょ》にさしかかった時、事が起こった。皮番所《かわばんしょ》に詰めていた、十数人の百姓たちは石見屋嘉右衛門《いわみやかえもん》・紙屋儀兵衛《かみやぎへえ》一行を差し止め、三田尻《みたじり》の光宗寺へ連行し、めいめいが荷駄《にだ》の中の物を検査し始めた。

嘉右衛門《かえもん》は籠《かご》から出て傍《かたわ》らに立っていた。儀兵衛《ぎへえ》も籠《かご》から出て不安そうに嘉右衛門《かえもん》の側に寄って来た。やがて百姓たちは籠《かご》の敷物《しきもの》にしていた犬の皮《がわ》を、今の時期には運搬《うんぱん》が禁止されている「こっとい皮」だと言い始めたのである。

「これはそのようなものでなく、ただの犬の皮でございます」

と、嘉右衛門《かえもん》は再三釈明《しゃくめい》した。儀兵衛《ぎへえ》も口を添《そ》えて話したが、はなから百姓たちは聞き入れようとしなかった。もともと皮番所《かわばんしょ》に勤めていた百姓たちにとって、それがこっとい皮《がわ》であろうが、犬の皮であろうが、どちらでもよかったのであろう。「騒《さわ》ぎを起こす」それが目的ではなかったか、と後になって嘉右衛門《かえもん》は思った。

この年は、全国的に天候不順《ふじゅん》で、作物すべてが不作となり、この長州《ちょうしゅう》藩においても百姓たちの生活は急速に追い詰《つ》められていた。それにはそれなりの理由があったのである。

百姓たちが口々に騒ぎ始めていたのは、今の時期に、運搬《うんぱん》を禁止されているこっとい皮を、藩の産物会所《さんぶつかいしょ》から出入りの商人に運ばせるというのは、わざわざ天災《てんさい》を招き寄せることを狙《ねら》ったにちがいない、というのであった。三田尻《みたじり》の百姓らが大勢《おおぜい》集まり、ついに一揆《いっき》となった。一揆《いっき》勢はまず中関《なかせき》の石見屋《いわみや》に押しかけ、打ち壊《こわ》し始めた。この騒動は七月二十六日夜に始まり、中関《なかせき》、大浜《おおはま》、宮市《みやいち》、三田尻《みたじり》の「富家」を破壊《はかい》し、二十九日夜には吉敷《よしき》郡丸尾の港でも、台風襲来《しゅうらい》のため避難《ひなん》していた安芸《あき》国仁保《にほ》島の船頭鉄五郎《てつごろう》が、薩摩《さつま》の商人から命を受けて、牛骨を下関《しものせき》へ運搬《うんぱん》する途中であることがばれ、付近の百姓が集団で船を襲《おそ》う一揆《いっき》が始まった。勢いは小郡《おごおり》・船木《ふなぎ》にも広がり、山口にも波及《はきゅう》し、防府《ほうふ》、山口の一揆《いっき》勢と合流《ごうりゅう》し、その勢いは六万人を超えていた。

一揆鎮圧《いっきちんあつ》のために藩の上層部は様々に手を打ったが、もはや手の施《ほどこ》しようがなかった。かろうじて八月二日、吉田宰判《よしださいはん》の代官林喜八郎《はやしきはちろう》と船木《ふなぎ》、徳地《とくち》の代官の連名で、一揆《いっき》の首謀者《しゅぼうしゃ》たちを竜泉寺《りゅうせんじ》の境内《けいだい》に集め、「一、みなみな腹立尤《はらだちもっとも》に候。一、上《かみ》は御気毒に被思召上《おぼしめしあげらるる》儀《ぎ》に候。一、早々しづまりかへるべし」という三カ条からなる「覚《おぼえ》」を出して一揆《いっき》勢の鎮圧《ちんあつ》を図《はか》った。だが同じ日、瀬戸内一帯の一揆《いっき》に呼応《こおう》して日本海側の阿武《あぶ》郡でも一揆《いっき》は起こり、その一揆《いっき》勢の掠奪《りゃくだつ》はひどいものであった。一揆《いっき》の波は藩全体へと広がりを見せ、翌三日には、小郡《おごおり》・船木《ふなぎ》の一揆《いっき》勢が先の「覚《おぼえ》」を一蹴《いっしゅう》するかのように立ち上がっていた。

この夜、一揆《いっき》勢による「穢多《えた》狩り」が起こった。山口でも船木《ふなぎ》でも小郡《おごおり》でもそれは恐ろしい惨劇《さんげき》であった。八月二十日には大島《おおしま》郡小松《こまつ》村に一揆《いっき》の火の手は飛び、翌二十一日には美禰《みね》郡大田辺《おおたなべ》からさらに前大津瀬戸崎《まえおおつせとざき》と一揆《いっき》は相次ぎ、「諸方毀家《しょかたいんか》」しつつ船木瀬戸《ふなきせと》村へ入り、小郡《おごおり》の一揆《いっき》と呼応《こおう》した。

『諸郡百姓騒動《そうどう》日記』の八月二十二日付には、「今朝候而ハ《こんちょうそうらはば》美禰《みね》郡之内不残申合《のこさずもうしあわせ》、人数《にんずう》凡《およそ》六七千人ばかり、諸所及狼藉破却《およびろうぜきはきゃく》之家数凡弐拾《およそにじゅう》軒余《あまり》も有之《これあり》、只今に而総勢大田市に屯《たむろ》し、勢ひも驕《おご》り候由《そうろうよし》に候」と記《しる》されていた。

この美禰《みね》郡一揆《いっき》の一部は、翌二十三日には「下火《したび》になった」といわれているが、一方、「小郡《おごおり》下郷ノ一揆《いっき》」は勢いを持ったまま沖目《おきめ》、岐波《しば》、井関《いのせき》、丸尾崎《まるおさき》地方へと広がりを見せていた。それはとどまるところを知らぬ有り様であった。

二十四日には、船木《ふなぎ》・吉田宰判《よしださいはん》でも一万人を越える一揆《いっき》勢による打ち壊《こわ》しを続け、もう止めようがないといわれ、翌二十五日も小郡嘉川《おごおりよしかわ》村付近で一揆《いっき》が起これば、藩内のどこかで呼応《こおう》して一揆《いっき》が起こるという状態であった。この事態に藩当局の動揺《どうよう》は甚《はなは》だしいもので、萩《はぎ》城内での連日の評定《ひょうじょう》はただただ相手方への責任のなすりあいに終始し、一向に有効な手立てを打つまでには至《いた》らなかった。もはやこの天保《てんぽう》の大一揆《だいいっき》は代官以下の役人の手に負えるものではなくなっていた。それゆえに四境《しきょう》に上下の寄組《よりぐみ》以下の出張をしてまでも鎮圧《ちんあつ》のための策が実行されたのである。

一カ月をかけて、大一揆《だいいっき》は三田尻《みたじり》から山口、小郡《おごおり》、そして萩《はぎ》の城下へと広がり、やがて長州《ちょうしゅう》藩全域に波及《はきゅう》して行った。一揆《いっき》に参加した者の数は十三万人を超え、彼らは、産物会所《さんぶつかいしょ》の廃止、減免要求《げんめんようきゅう》、そして畔頭《あぜがしら》の不正を糺《ただ》すなど多種多様の要求を口々に叫んでいた。ここに見られるように、なぜ藩がこうまで一揆《いっき》勢に弱腰となり、それを象徴《しょうちょう》するかの如《ごと》き約定《やくじょう》をせざるを得なかったかといえば、それには前のような背景があったのだ。

I

爺の遺言《ゆいごん》

一揆《いっき》勢の百姓たちによる、「穢多狩り《えたがり》」の様相《ようそう》は、次のようであった。山口では穢多《えた》七十四軒、小郡《おごおり》では五十軒、船木《ふなぎ》の東須恵《ひがしすえ》村では七軒が焼き打ちされ、村々では穢多《えた》が無慈悲《むじひ》に焼殺《やきころ》されていたのである。

夜も深まった亥《い》の刻、地鳴《じな》りのような音がこの村の人々を、恐怖《きょうふ》のどん底に落とし込んだ。誰《だれ》もが次に何が起こるかをよく知っていたからだ。五歳になるかならぬかの幼い伊三《いぞう》は、父の手によって土間の隅《すみ》にあった水甕《みずがめ》の中に入れられていた。伊三《いぞう》は、気丈《きじょう》な子であった。水甕《みずがめ》の中に立って、泣き声ひとつ立てず、父や母、祖父の眼を見つつ、彼らが口にする一言一句《いちごんいっく》をよく聞き分けていた。

父の喜助《きすけ》は取り乱してはいたが、精一杯《せいいっぱい》我が子に諭《さと》すように言った。

「どねえなことがあっても、甕《かめ》から出ちゃいけんけえの、ええな」

母のふでは泣くばかりで、時折《ときおり》、

「伊三《いぞう》……」

と途切れ途切《とぎれとぎ》れに、声明《しょうみょう》を唱《とな》えるかのように呟《つぶや》いていた。

地鳴りは、いよいよ轟《とどろ》くようになり、一揆《いっき》勢があげる吶喊《とっかん》は腹にズズッとこたえるまでになっていた。一揆《いっき》の群れが、もうそこまで迫っていた。

剛毅《ごうき》な男でならしてきた祖父の喜三郎《きさぶろう》は、土壇場《どたんば》のこの時にも、その浅黒い太い腕に鍬《くわ》を握《にぎ》って土間に仁王《におう》立ちしていた。その声が発せられるや、周りの者全《すべ》てが鎮《しず》まる、そんな野太い声で彼は孫の伊三《いぞう》に語りかけた。

「伊三《いぞう》、今から起こる全部のことをよう覚えちょれ。お前なら分かるけえ。じゃけど、どねえなことが起《お》ころうとも、声を出すんじゃなかぞ。ええな。わしらはむざむざ殺されはせんけえ。じゃけど、お上《かみ》のまちごうたやり方じゃあ、百姓らも勢《いきお》いづくじゃろうて」

「爺《じ》っちゃ……」

慌《あわ》てて喜助《きすけ》が止めに入った。

「ええんじゃ、今しかこの子に言うて聞かす時がないんじゃけえ」

この時だけ喜三郎《きさぶろう》は、一瞬《いっしゅん》柔らかい表情になって喜助《きすけ》を見やった。

「伊三《いぞう》、爺《じ》っちゃもお祖父《じい》から聞かされてきたんじゃが、毛利《もうり》になってわしらに陽《ひ》の当たる日はのうなったそうじゃ。ひと昔前は、山口の祇園《ぎおん》さんでも、萩《はぎ》の住吉《すみよし》さんでも祭りの世話人にゃ、皮屋《かわや》の旦那衆《だんなしゅう》が町衆の旦那衆《だんなしゅう》と肩を並べていた時もあったんじゃが、毛利《もうり》の代になってからは、それは許されんことになったんじゃ。住んどる所も追われ、田んぼも畑も取り上げられて、一か所に囲い込まれたんじゃ。三田尻《みたじり》の衆は、目の前に広がる海から魚をとることも禁じられる始末《しまつ》じゃ。そりゃあ惨《むご》い仕打《しう》ちじゃったたって。爺《じじ》らも訴えを起こしたりした。色々刃向《はむか》うてもみたが、みんな駄目《だめ》じゃったんじゃ。日一日と悪《わる》うなるばかりじゃったって。

ほんで今日のこの有様《ありさま》じゃ、わしらが人らしゅう振る舞おうとしても、これなんじゃけえ……、お上《かみ》の都合《つごう》でええようにあしらわれてきたと、お祖父《じい》はよう言うちょった。じゃけえ、伊三《いぞう》、お前にはどねえなことがあっても、生きのびてほしいんじゃ。今言うて聞かせたこと、どねえなことがあっても忘れるんじゃないで、忘れるんじゃない。強《つよ》う生きるんじゃ」

その時、今際《いまわ》の際《きわ》の女の、断末魔《だんまつま》のような悲鳴が聞こえた。

この夜、小郡《おごおり》の穢多《えた》村では、腹に胎児《たいじ》を身ごもった若い女房《にょうぼう》も刺し殺された。多勢《たぜい》に無勢《ぶぜい》の中で、村人の半数に近い八十人を超える老若男女《ろうにゃくなんにょ》は、鬼の形相《ぎょうそう》となった一揆《いっき》勢の百姓たちの手にかかって、六カ所でひと括《くく》りに縛《しば》り上げられ、地獄絵《じごくえ》そのままに紅蓮地獄《ぐれんじごく》の中で嬲《なぶ》り殺しにあった。

幼い伊三《いぞう》が一杯に見開いた眼に、暗闇《くらやみ》に立ち尽くす喜三郎爺《きさぶろうじ》っちゃのきらきら光る大きな眼は、その後も、伊三《いぞう》の記憶《きおく》から消えることはなかった。

立て直しを図《はか》る藩

小郡《おごおり》村の人々の悲しみや絶望に関わりなく、陽《ひ》はまた昇り、時は流れていった。

周辺の村々では、八月三日の夜の惨劇《さんげき》はなかったかのように、いつもの暮らしが始められていた。一揆《いっき》の勢いは幾分衰《おとろ》えたかのようであったが、それでも九月に入ると藩の役人たちは、各村々への巡視を網《あみ》の目を縫《ぬ》うように行う傍《かたわ》ら、一揆《いっき》に同調しなかった村へは、心掛《こころが》けが良いとして酒代を給付《きゅうふ》し、また申し出れば一揆《いっき》の際の防禦《ぼうぎょ》、その他の諸雑費を格別非常の際だとして、藩がその費用を出すと触れ回っていた。抜け目がないと言おうか、或いは見事と言うべきか、それは迅速《じんそく》な民心収攬《しゅうらん》策であった。

だが、それらの呼びかけは穢多《えた》村へは一切《いっさい》なく、まして惨殺《ざんさつ》にあった村々へのねぎらいもなかった。それどころか、惨殺《ざんさつ》に加わった者たちへの処罰《しょばつ》もなかったのである。この大一揆《だいいっき》では穢多《えた》村への攻撃が際立《きわだ》っていたが為に、穢多《えた》村の側でも身を守るために防戦に及んでいた。役人が出張り鎮圧《ちんあつ》に当たっていたのだが、双方《そうほう》が聞き入れないと見るや、藩の命《めい》を受けた役人は「穢多《えた》中打殺候指図仕候ニ懼レ候（穢多を打ち殺すようにとの指図をしたことで穢多はおそれて退散した）」……と穢多《えた》に対する一方的《いっぽうてき》な弾圧《だんあつ》を行い、中には召捕拷問《めしとりごうもん》にまで及んでいた。それ故、穢多《えた》村の人々の藩に対する恨《うら》みは、深く根強く残ることとなった。

そのような中、二十一日には呼坂《よびさか》村を含む七ケ村の百姓三万人余りが騒動を引き起こしたが、藩の一揆《いっき》勢鎮圧《ちんあつ》体制がいち早く手を打っていた。山口代官をして村々へ巡視《じゅんし》を行わせ、百姓たちの鎮撫《ちんぶ》を行っている。九月末には、町村に無宿無宗門捕縛《むしゅくむしゅうもんほばく》の高札《こうさつ》を次々と立て、十月初めには、百姓たちにも穢多《えた》に対しても、家作衣服の驕奢《きょうしゃ》を戒《いまし》める訓示《くんじ》を行っている。これらの引き締り策は矢継《やつ》ぎ早《ばや》に行われていった。

そのうえ、普通は正月か二月に行なわれる「殿様祭」が、この年に限って一揆《いっき》の最中の八月、九月、一揆《いっき》の「前非《ぜんぴ》を悔候振廻《くいそうろうふりまわし》」して、「殿様祭」を行いたいと、村々の庄屋たちが異例のこととして、相次《あいつ》いで役人に申し出ている。当然のことのように、それらの村々は一揆《いっき》の列から脱落して行った。領主支配を受け入れ、藩主を祭る「殿様祭」が、あえてこの時期に行われた由縁《ゆえん》だ。

十月初めには、家臣団《かしんだん》へは百石につき百目の銀を下賜《かし》し、百姓町人には一人につき残らず、七合《ごう》五勺《しゃく》、十五歳以下の者には五合の給付米《きゅうふまい》を施《ほどこ》した。それらの効果は、熊毛《くまげ》郡岩田村の騒擾《そうじょう》も、高森村の騒擾《そうじょう》もその日のうちに鎮圧《ちんあつ》させる有り様であった。今や藩の主導は完全に回復した。

十一月十日には藩主斎元《なりもと》は萩《はぎ》城を出発し、江戸へ向かった。そしてこの年の暮れ、当役用談役になった村田清風《むらたせいふう》とその一党《いっとう》により、このたびの一揆《いっき》の首謀者たちへの究明が行われようとしていた。それほどこの天保《てんぽう》の大一揆《だいいっき》のもたらす後遺症《こういしょう》を、藩の上層《じょうそう》部は今後の藩体制を維持《いじ》する上からも重視していた。年の瀬《せ》も押し迫った二十五日より、藩全域にわたって一揆《いっき》に参加した者の究明《きゅうめい》を開始していった。それは年が明けても続けられ、一月末には一揆《いっき》の発端《ほったん》となった小鯖皮番所《こさばかわばんしょ》番人を始め、一揆《いっき》の首謀者《しゅぼうしゃ》を捕縛《ほばく》して萩《はぎ》へ拘引《こういん》した。三月中旬には、一揆《いっき》で拘禁《こうきん》された囚人が多数に上り、獄舎を増築《ぞうちく》する有り様であった。

一年がかりの究明《きゅうめい》の末、この年の暮れの二十六日、一揆《いっき》の首謀者二十六名を断罪《だんざい》に処し、代官を通じて百姓中へ改めて訓示《くんじ》が行われた。不正を働く諸役人の更迭《こうてつ》と処罰《しょばつ》が次々に打たれた。それはまた一層下々への締め付けが厳《きび》しく行われることにもなった。とりわけ穢《え》多《た》村への締め付けは、苛酷《かこく》な形となって跳《は》ね返って来た。それは、衣食住の暮らしの隅々《すみずみ》にまで及《およ》ぶものであった。

三田尻《みたじり》での暮らし

伊三《いぞう》は、この百姓たちによる焼き打ちの際、辛《かろ》うじて生き伸びた何人かの一人であった。五歳にも満たなかった伊三《いぞう》は、惨劇《さんげき》の一部始終《いちぶしじゅう》を眼底に焼き付けて成人していった。村全部が死に絶えたかと思われるほど、大勢《おおぜい》の者が焼き殺された。だが生き残った何人かの大人たちは、それでも呆然《ぼうぜん》としている訳にはいかなかった。それは、幼い子供達の十何人かは、伊三《いぞう》同様殺されずにすんだからだ。しかし、親たちを失った子達の行き場所をそれぞれに決めねばならなかった。

みなしごの一人となった伊三《いぞう》は、翌日には大人たちの裁量で、喜助《きすけ》と遠い親戚にあたる三田尻《みたじり》に住む久助《きゅうすけ》のもとに預けられることになり、その日の内に引き取られていった。一家四人かつかつの生活の中で、魚の行商《ぎょうしょう》をしながら生きる久助《きゅうすけ》もまた、穢多《えた》の一人であった。久助《きゅうすけ》一家は女房《にょうぼう》のきくと、伊三《いぞう》よりもまだ幼い三歳になるふみと、乳飲み子の与吉《よきち》とでなっていた。心優しい久助《きゅうすけ》は、伊三《いぞう》を我が子として育てた。女房《にょうぼう》のきくも出来た女で、我が子と分け隔《へだ》てなく伊三《いぞう》を育てていった。

聡《さと》く利発《りはつ》な伊三《いぞう》は七歳になると、はや父久助《きゅうすけ》、母のきくを助けて、懸命《けんめい》に家の仕事を手伝った。久助《きゅうすけ》が行商《ぎょうしょう》に出て行く時には、伊三《いぞう》も明けの七つ半には起き出して、商《あきな》いの準備にかかった。外はまだ真っ暗であった。ようやく東の空が白《しら》みかかる頃、久助《きゅうすけ》と伊三《いぞう》は浜に出かけるのである。まず浜辺に打ち上げられた海草を取り、次には漁師たちに三拝九拝し、小魚やしじみやらを卸《おろ》してもらい、それを防府《ほうふ》の町へ売りに出かけるのである。三百六十五日、正月の三ヶ日を除けば、これが毎日の営みであった。向島《むかいじま》を挟んだ波静かな瀬戸内の古浜で、たまに子供らしく遊び呆《ほう》ける時もないではなかった。その時も必ず妹のふみを引き連れて、何くれとなく気配《きくば》りしながらの遊びであった。ふみもそんな伊三《いぞう》によく懐《なつ》いた。山あいの小郡《おごおり》の村での忌《い》まわしい、悲しい記憶《きおく》は薄れることはなかったが、朝な夕なの美しい瀬戸内の海を前にして、時にふみと遊び呆《ほう》ける姿からは、幼い少年の面影《おもかげ》が色濃くあった。

年がいくにつれて、伊三《いぞう》の記憶《きおく》の中で、あの日のあの地獄《じごく》絵図は、何かのおりには鮮やかに眼前に浮かんだ。記憶《きおく》は確かであった。久助《きゅうすけ》一家にとって、貧しくとも慎《つつ》ましい平穏《へいおん》な生活が続いていたが、この年、天保《てんぽう》四（一八三三）年三月頃から凶作《きょうさく》・飢饉《ききん》の兆候《ちょうこう》が顕著《けんちょ》に現れ始め、世の中は厳《きび》しい成り行きとなっていた。米の値上がりは止まるところを知らず、久助《きゅうすけ》一家にとっても米を口にすることができる日は、一年の内で正月を除いても、数えるほどしかなかった。それでも生き延《の》びていけるこの一家は、まだましというものであった。それほど長州《ちょうしゅう》藩全域の百姓も漁師も塗炭《とたん》の苦しみの中にあった。餓死《がし》する者は数え知れずの有り様であった。

二月初旬の朝方は、まだ肌寒かった。この日も久助《きゅうすけ》と伊三《いぞう》は、明け方には起き出して浜へ出、小魚を仕入れて籠《かご》に入れ、天秤棒《てんびんぼう》の両端に吊《つ》り下げて防府《ほうふ》の街に出かけた。不景気ということもあってか、いつも訪《たず》ねて行く武家屋敷の裏木戸《うらきど》から、

「御用はありませんか」

と訪《おと》なっても、

「今日はええ」

と断られることが続いた。

この日は、特に売れ行きが思わしくなかった。扱っているのが生き物だけに売れ残れば、それこそ一家の口が干上《ひあ》がるのであった。途方《とほう》に暮れた久助《きゅうすけ》は、伊三《いぞう》を促して防府《ほうふ》の街の中の、商家が二、三十軒は軒を連ねる、その通りの十間あまり手前に来た時、

「ここでええ」

と言い、肩から天秤棒《てんびんぼう》をはずし、道端《みちばた》に籠《かご》を降ろした。伊三《いぞう》はけげんに思い、

「ここで売るん」

と聞いた。

「そうじゃ」

「ほんなら、もうちょっと向こうへ行った方がええ」

と通りの方を指さしたが、いつもに似合わず硬《かた》い表情で、

「ここでええ」

とだけ久助《きゅうすけ》は言った。

八歳になったばかりの伊三《いぞう》にとって、初めて見るお父《と》うの姿であった。なぜお父《と》うは、人通りがある方へもっと近づかないのか、どうせ売るならその方がいいのにと思ったが、いつもは穏《おだ》やかなお父《と》うの怖《こわ》い顔に出会い、黙って頷《うなず》いて伊三《いぞう》は側に立っていた。

七ツ半ばかりたって売れたのは、三合枡《ます》一杯のしじみだけであった。やがて日も暮れ始めた。六ツ半ばかりになったかと思われる頃、

「しょうがない」

と久助《きゅうすけ》が言い、腰を上げた。突然目の前に、地回りらしい風体《ふうてい》の男三人が立っていた。そのうちの妙に禿《は》げ上がった小男が、甲《かん》高い声で

「だれの許しをこうて、ここで商売をしちょるんじゃ」

と怒鳴っている。伊三《いぞう》は突然のことで男の口元と、父の顔を交互《こうご》に見やったが、久助《きゅうすけ》は黙ったまま相手の目を見据《す》えていた。

「聞いちょるんじゃ」

と言うなり、端《はし》にいたもう一人の男が、突然籠《かご》を蹴《け》飛ばし、久助《きゅうすけ》の胸倉《むなぐら》をつかんで、二、三発びんたを食《く》らわした。久助《きゅうすけ》は黙って殴《なぐ》られてはいたが、顔は上げたまま相手をにらみつけていた。

「おまえらこの辺《あた》りのもんじゃないな、どこのもんじゃ」

連れの振る舞いを黙って見ていた男が、一言《ひとこと》、

「おまえは穢多《えた》か」

と言い放った。久助《きゅうすけ》の双眸《そうぼう》に赤い炎《ほのお》が灯ったかと思われるほど、一瞬《いっしゅん》鋭い眼光になって、すぐ

にまた暗く沈んだ眼になり、力なく地べたを見た。その男は押し返しを許さない威圧《いあつ》をもって、

「二度とこの辺《あた》りへ近づくんじゃないで」

とだけ言い、引き上げて行った。魚としじみは道いっぱいに散乱《さんらん》していた。

「お父《と》う」

とだけ伊三《いぞう》は言った後、押し黙った。この時、伊三《いぞう》の脳裏《のうり》に、かつて五歳の時の記憶《きおく》が一瞬《いっしゅん》に蘇《よみがえ》った。今は何がどうなのかを父に聞くべきではないと思った。

空《から》っ風が吹き始めた夕闇《ゆうやみ》の中を、家に帰りつくまでの道すがら、久助《きゅうすけ》は手短かに、

「俺たちは町中で商《あきな》いをしちゃあいけんのじゃ。そういうお達しになっちょっての、それを破れば、今日のような目に遭《あ》う、いや今日のはまだ軽い方じゃ」

と語って聞かせた。伊三《いぞう》は頷《うなず》くだけであった。

組頭《くみがしら》清兵衛《せいべえ》よりの伝言

百姓たちは打ち続く凶作《きょうさく》によって、塗炭《とたん》の苦しみの中にあった。藩による財政再建政策によって、穢多《えた》村の人々は皮革業《ひかく》に閉じ込められはしていたが、彼らの頑張《がんば》りもあって、経済的にはかえって百姓たちよりも上を行くことになっていた。そのために百姓と穢多《えた》との間に新た

な対立を生んでいった。

三月に入ると、毎日のように雨が降《ふ》り続いた。それは今までになかったことであった。辺《あた》りに冷気が立ち込めるまでになった。

長雨の中、久助《きゅうすけ》の茅葺《かやぶ》きの家、というよりはあばら家《や》は、六畳《じょう》一間と二間あまりの土間からなっていた。部屋中に雨漏《も》りを受ける茶碗《ちゃわん》類が置かれていた。屋根の茅《ちがや》はたっぷりと雨を吸い込んで、いつまで続くかと思われるほどに、雨漏《あまも》りは止むことはなかった。寝るところもなく、伊三《いぞう》もふみも粗壁《あらかべ》にもたれて休むという有り様である。二十戸余りのこの貧しい村のどの家でも、有り様は同じであった。行商《ぎょうしょう》は思うように行かず、三度の食事にも事欠《ことか》くほど追い詰められていた。稗《ひえ》八分・麦《むぎ》二分の茶粥《ちゃがゆ》を何度かに分けて啜《すす》り合うのが、毎日の暮らし向きであった。

そんな日々が打ち続いた三月中頃の雨の夜、小郡《おごおり》の穢《え》多《た》村から作助《さくすけ》が訪《たず》ねて来た。用向きは屠場《とじょう》で人を求めている、来ないかということであった。

「この不景気だ、久助《きゅうすけ》どんもきっと食うに困っているだろうから、どうせなら喜助《きすけ》ともつながりがあり、気心も知れているから屠場《とじょう》へ来い」

というのが組頭清兵衛《くみがしらせいべえ》の言づてだった。

「この不景気でも屠場《とじょう》で人がいるんかい」

「それがじゃ、おぬしもよう知っちょるように、皮を剥《は》ぐのはそりゃあ百姓らからは、おもいっきり疎《うと》んじられるが、お上《かみ》はこっとい皮をことのほか入り用でなあ、これがけっこう銭《ぜに》になるんじゃ」

かすかに揺《ゆ》れる灯油の明かりの中で話す久助《きゅうすけ》と作助《さくすけ》の話を、きくも伊三《いぞう》も耳をそばだてて聞いていた。ふみはもう壁にもたれて軽い寝息を立てていた。

「わしら小者《こもの》にはようわからんが、山口のあの長吏皮役《ちょうりかわやく》の吉左右衛門《よしざえもん》どんが言うにゃ、年に百枚からのこっとい皮をお上《かみ》に納《おさ》めにゃならんことになっちょって、うちらだけじゃのうて、熊毛《くまげ》や船木《ふなぎ》の衆にも、都濃《つの》の衆にも呼びかけちょるんじゃ」

「そねえにこっとい皮を、集められるもんかよ。それに、牡牛《おうし》をどうすんじゃ。百姓らの目もあるんじゃろう」

「うん、そこじゃ。なんぼ気張《きば》ってもなかなか集まらん。そこでじゃ、百姓らの目をかすめて、内々でこっとい皮を作らにゃならん。それには人もいるんじゃ」

「そんなもんかよ」

「お上《かみ》もわしらが内々で牡牛《おうし》を殺すのは、知ってて知らんふりじゃ」

「この長雨で、百姓らは余計わしらを恨《うら》むんじゃないのけ」

「青田《あおた》の言い伝えのことか。それじゃあいうて、わしらも生きていかにゃならん。屠殺《とさつ》をやっちょりゃあ、今よりも食うに困らんことは確かじゃ。どうじゃ、久助《きゅうすけ》どん小郡《おごおり》にこんかの」

この作助《さくすけ》の申し出に、久助《きゅうすけ》は深く考えているようであった。伊三《いぞう》はよほど、「お父《と》う、小郡《おごおり》へ行こう」と声に出しそうになった。悲しい出来事があった所とはいえ、生まれ在所《ざいしょ》に行けるのならと切に思っていたからだ。作助《さくすけ》はまた言った。

「屠場《とじょう》で仕事をするようになりゃあ、百姓らからは余計白い目で見られ、えげつない扱いをされることじゃろうが、わしらの生活はどっちにころんでも変わらんのじゃからのう、久助《きゅうすけ》どん」

久助《きゅうすけ》は、自分が考え惑っている点を衝《つ》かれてうろたえた。そして、きくに一言、

「行くか」

と問いかけて、そして返事を待たずに、

「清兵衛《せいべえ》さんに伝えてくれんか。お世話になります、て」

と言った。

「そうかそうか。それがええ。じゃあおまはんらが来ることになったて、組頭《くみがしら》に早速《さっそく》伝えることにしよう。これで来た甲斐《かい》があったというもんじゃ」

小郡《おごおり》へ移った後どうするかの打ち合わせをするのに、二人はしばらく話しこみ、そして、雨

の中、作助《さくすけ》は帰って行った。

屠殺《とさつ》の仕事に就《つ》く

四月に入ったどんよりと曇《くも》った日に、久助《きゅうすけ》一家は長年住み慣れた三田尻《みたじり》の村を後にした。小郡屠場《おごおりとじょう》で働くことについて、同じ村の者らの、半分励まし半分やっかみの中で、

「大変じゃのう」

と正直に色々と気を配ってくれる者もいた。概《がい》してそれで暮らしが立つのならという気持ちもあって、大勢《おおぜい》が見送ってくれた。

小郡《おごおり》の屠場《とじょう》の入り口には、等身大の石像の観音像《かんのんぞう》が畜魂碑《ちくこんひ》の傍《かたわ》らに祀《まつ》ってあった。二本の竹筒に野の花が幾本か供えられていた。おそらく百姓町人にとって、なぜ屠場《とじょう》の入り口に観音像《かんのんぞう》が祭ってあるのかは、到底伺《とうていうかが》い知ることができないだろうが、この時は、久助《きゅうすけ》ときくにとっても、屠場《とじょう》に足を踏み入れた瞬間、百姓町人と同じ気持ちではなかったろうか。

屠場《とじょう》のすぐ近くに、三田尻《みたじり》のところよりはましな家が与えられた。久助《きゅうすけ》と伊三《いぞう》とそして女房《にょうぼう》のきくも、屠場《とじょう》で働くことになっていた。五日は久助《きゅうすけ》一家の初仕事となった。屠場《とじょう》の中は、久助《きゅうすけ》もきくも異様と思えるほど清潔《せいけつ》であった。同じ穢多《えた》仲間であっても、漏《も》れ聞こえてきて

屠場《とじょう》の有り様は、いつの場合も血塗《ちぬ》られていて血生臭《ちなまぐさ》く、あちこちに血を流しながら、牛の生首がごろんごろんと転《ころ》がっている、という話まで信じ込まされてきていたからである。そのように思い込むほど、まことしやかな風説が伝えられていた。

屠場《とじょう》の内部は森閑《しんかん》としていた。そこで働く人々はすべてみな身ぎれいであった。組頭《くみがしら》の清《せい》兵衛《べえ》は、屠場《とじょう》の中での仕事をする際のことで、次のように言った。

「牛を殺すのに慈悲《じひ》の心はいらん。牛もよく知っちょるだろうが、屠場《とじょう》に引っぱって来られた牛は、覚悟を決めているようじゃ。じゃからこそ、眉間《みけん》に一回で斧《おの》を打ち込んでやるのが情けというもんなんじゃ。手加減《てかげん》してちょっとでも手元が狂うたら、それだけ牛を苦しめることになる。六人総がかりで一頭の牛を世話するんじゃ。このうち一人でも、回りの人間に余計な迷惑《めいわく》をかけるようじゃと牛に申し訳がたたんじゃろ。牛を倒《たお》す時は、情けはいらんのやで」

これが久助《きゅうすけ》が最初に聞いた、清兵衛《せいべえ》からの仕事の上での心得であった。

生活の調度品もそれなりに揃《そろ》った。やがて久助《きゅうすけ》はこっとい牛を殺すというその日、屠場《とじょう》に呼び出された。きくも伊三《いぞう》もそれなりの仕事を与えられることになった。久助《きゅうすけ》は最初の日の清《せい》兵衛《べえ》の話から、端《はな》から自分が牛を仕留《しと》めねばならんと思い込んでいたが、この日も屠場《とじょう》に入る前に清兵衛《せいべえ》から、

「牛を倒《たお》して皮を剥《は》ぐ仕事は、お前が考えているほど生易《なまやさ》しいものではない。だから、今日

は回りの者から言われる通りのことを、その通りにやってみろ。ただしへどを吐《は》くな。気を失うようなことがあっちゃあならんぞ。それでのうては、これから先行き、この屠場《とじょう》では働けんからのう」

と言われた。

朝の六ツ、頑丈《がんじょう》そのものの黒い牡牛《おうし》が一頭、五、六人の男に囲まれ、一人に鼻に通した紐《ひも》で引っ張られるように、二十畳あまりの石板張りの屠場《とじょう》の中央へ引き出された。床は塵《ちり》一つなく掃《は》き清められていた。屈強《くっきょう》な男が牛の前に斧《おの》を持って立った。それまで暴れていた牡牛《おうし》は、その瞬間、動物の本能から命運を悟《さと》ったのか、今までと違った動きを見せた。鳴き声を発したあと、動きを止めた。その時を待っていたかのように、屈強《くっきょう》な男の斧《おの》は、牡牛《おうし》の眉間《みけん》に一撃《いちげき》を与えた。牡牛《おうし》は一瞬のうちに足をたたんで、やがて地響《ぢひび》きをたて、床に倒《たお》れ込んでいった。

この一連の有り様は、久助《きゅうすけ》、きく、伊三《いぞう》にとって、驚天動地《きょうてんどうち》の世界であった。別の男は素早《すばや》く背中にまたがり、鋭い刃物で牛の面《つら》に追いを打った。おびただしい血は勢いをもって、床と床との間に流れこんでいた。別の二人の男は、顎《あご》下から喉元《のどもと》へ切っ割《さ》き、首のない牡牛《おうし》を仰向けにし、両側から鋭利《えいり》な刃物で見事に腹をかっさばいていった。神業《かみわざ》のような手捌《てさば》きで皮を剥《は》いでいく男たちの動きに、きくは目を見張っていたが、慌《あわ》てて口元を押さえ、戸外《こがい》へと飛び出していった。久助《きゅうすけ》と伊三《いぞう》も、身を固《かた》くして男たちの素早《すばや》い敏捷《びんしょう》な動きを見守っていた。その間も、清兵衛《せいべえ》は的確《てきかく》に指示を出し続けていた。皮を剥《は》いだあと内臓を出す者、血を流し出す者、剥《は》いだ皮をきれいに拭《ふ》き清《せい》める者、水瓶《みずがめ》がなぜ五個も六個も壁際にあったのか、やっとこの時になって久助《きゅうすけ》は納得《なっとく》した。次から次へと噴《ふ》き出してくる血を洗い流すためのものであったのだ。

ていねいに剥《は》いだ皮《かわ》を、二人の男は控《ひか》えていた女たちに渡すと、彼女らはそれを今一度水で洗い、ふきんで水気を取り、その皮《かわ》を戸外へ持ち出して板に打ち付けていた。肉の塊《かたまり》は別の男たちによって、器用に仕分けられていった。そして肉の塊《かたまり》は周辺の女たちに手渡され、またも血がきれいに拭《ふ》きとられていった。もの皆全て初めて見る世界であったが、久助《きゅうすけ》、伊三《いぞう》には、一糸《いっし》乱れず黙々と働く男や女たちの姿は、腰の抜けるほどの出来事であった。たぶん、こういう風景を垣間《かいま》見た男や女たちが、尾鰭《おひれ》をつけて世間に吹聴《ふいちょう》することで、あたかも屠場《とじょう》での有り様は、地獄《じごく》そのもののように言い伝えられて来たのではなかろうか。清兵衛《せいべえ》の凛《りん》とした声のもと、一糸《いっし》乱れず動く男や女たちの作業は約二刻《ふたとき》もたったろうか、屠場《とじょう》は血糊《ちのり》一つ残さず最初に見た姿に戻っていた。きれいな清潔《せいけつ》そのものの石板張りになっていた。

やがて男女は何事もなかったかのように、それぞれの長屋《ながや》に引き上げていった。まだ屠場《とじょう》の回りでうろうろしていた久助《きゅうすけ》ときくに、清兵衛《せいべえ》は、

「なんでも己《おのれ》の目で見、耳で聞くのがいっちゃん大事じゃで、見てみ、皆ようやっちょるじゃろう、きつい仕事に違いないが、大事なお勤《つと》めなんじゃで」

と言い、暫《しばら》くして、
「やってくれるな」
と優しく言った。久助《きゅうすけ》もきくも大きく頷《うなず》いた。

束《つか》の間の、安穏《あんのん》な日々

久助《きゅうすけ》たち一家が小郡《おごおり》のこの村に移り住んで、一年が過ぎようとしていた。四月になると、田植え時期に雨が降り続き、近郷《きんごう》近在の百姓たちは大いに喜びあった。一時、百姓に限らず、皆ほっと胸を撫《な》で下ろしたものである。だが、五月、六月に入っても一向に天候は回復せず、それどころか大雨をもたらした。

この頃の久助《きゅうすけ》一家は、貧しいなりに家の者皆が揃《そろ》って暮らしていけることが、何よりの幸せと思う日々であった。

屠場《とじょう》での仕事にもようやく慣れてきていた。それには、そこに働く人々の大きな励ましと導きとがあったからだ。禁忌《きんき》とされている仕事であり、今までのどの仕事とも違って、瞬時に人間と共生している大きな生き物を殺し、腑《ふ》分《わ》けするその作業の中で、十歳になった伊三《いぞう》は、母がわたをくるのを手伝った。従って、同世代の子供たちよりは何年も先を歩いているふうに見える程《ほど》、大人《おとな》びて成長していった。牡牛《おうし》を殺すのは、必ずしも毎日のことではなかった。普通は五日毎に、組頭《くみがしら》を通じて「明日は三つ割る」と長屋に知らせがあり、時にそれが三日連続であるということも稀《ま》れにはあった。

久助《きゅうすけ》はようやく一つの仕事を任された。それは、まだ命を断たれて生温《なまあたた》かい牛の腹を鋭利《えいり》な包丁《ほうちょう》で切り裂き、皮《かわ》を剥《は》いでいく作業をすることであった。なまなかの作業ではなかった。上手下手という領域では括《くく》れない仕事でもあった。牡牛《おうし》をいたわる気持ち、そういうものを心にも体にも込めながら、腑《ふ》分《わ》けをしていくということが第一なんだ、と絶えず先輩たちから教わってきた。そうして束になって、牛を解体する作業をしながら、なお牡牛《おうし》を慈《いつく》しみ何一つ無駄《むだ》にしないという強い気持ちがあったればこそ、この屠殺《とさつ》場の中に満ちている柔らいだ、清《せい》潔《けつ》な雰囲気《ふんいき》が、そういうものから生まれてきているのではなかろうか、と久助《きゅうすけ》は思うのであった。外から見ていては到底《とうてい》分からない世界なのだとも思った。

きくも貧血によいとされる血を受けたり、腑《ふ》分《わ》けした臓物を水洗いし、剥《は》いだ皮を濡《ぬ》れふきんでもって、すみずみまで汚れ物をきれいに拭《ふ》い取って行く作業についていた。二人掛《が》かりでその作業をし、二間余りの分厚い板にピンと皮《かわ》を張り付けていく、きくもその作業に慣れてきていた。暮らし向きは三田尻《みたじり》の頃と比べると、雲泥《うんでい》の差であった。何よりも定期的に小銭がきちんと手元に入った。そのために暮らし向きは随分《ずいぶん》と楽であった。そして今一つは食べ物に恵まれたということであった。初めは食うことに躊躇《ちゅうちょ》した牛の臓物も、長屋のおかみさん連中からの勧《すす》めで、おいしく食べられる術《すべ》も知った。久助《きゅうすけ》も伊三《いぞう》も特に好んだのは、長屋の裏手の空き地に植え付けてあるネギを抜き取ってぶち切りにし、きれいに水洗いされたヒモと呼ばれる牛の腸を、これも一寸くらいの間隔《かんかく》でぶち切って、土鍋で煮立てて食うのである。味付けは味噌の時もあったし、醤油《しょうゆ》の時もあった。この村で作られている自家製の豆腐《とうふ》が、この鍋にはよく合った。今までの食べ物よりも、はるかにうま味であったので、久助《きゅうすけ》も伊三《いぞう》もふみも、幼い与吉《よきち》も食はよく進んだ。

この村の人々は、世間から色々と冷たい目で見られているからか、村全体を清潔《せいけつ》に保つことに、平常から一人ひとりが心がけているようであった。人々の顔のつやが生き生きとしていたのは、こういう食べ物のことも関係があったのではなかろうかときくは思うのであった。そんな楽しい夕餉《ゆうげ》の一時、きくはほっとした口ぶりで、

「世間様は不景気で食うにも事欠《ことか》いて、防府《ほうふ》でも山口でも行き倒《だお》れの人がようけおるというのに、わしらはほんとに幸せじゃ」

と言い、久助《きゅうすけ》も、

「そうじゃのう。初めは牛を殺すのかと、少しはこだわりもあったが、どっちになっても、わしらは世間からはまともに扱《あつか》われんのじゃから、それを思うたらここに来て、ここの衆と一《いっ》

緒《しょ》に暮らしてみて、これえに楽してええんもんかと思う、ほんとに移って来てよかったのう」

鍋に具を足しながら、きくは、

「一家五人、こんなに安穏《あんのん》に暮らせるのも、組頭《くみがしら》を初めここの衆のお陰《かげ》じゃ。伊三《いぞう》もふみも、このことはよう覚えときんさいよ」

二人は鍋の物を箸《はし》で口に運びながら、うんうんと頷《うなず》きつつ、今は食うことに夢中であった。

伊三《いぞう》が茶碗《ちゃわん》を持ったまま、箸《はし》で土鍋の中を指し示して、

「お父《と》う、屠場《とじょう》で見た赤い大きな肉はどねえしたんじゃろ」

と問いかけた。

「兄ちゃん、赤い大きい肉って?」

とふみも箸《はし》を止めて聞いた。

「それはじゃなあ…」

久助《きゅうすけ》は答えに窮《きゅう》して、きくを見やった。

「わしもな、初めから不思議に思うちょったんじゃけど、ここらの人に聞いたら、前からおる留《とめ》さんが教えてくれた。大きな声では言われんけど、って…」

そう言って、きくも声をひそめた。久助《きゅうすけ》がことのほか関心を見せて、後を促《うなが》した。

「屠殺《とさつ》は穢《けが》れが多い、四つ足の肉を食うのは畜生《ちくしょう》じゃと言われてきちょったじゃろ。それが

な。ほんとは一番おいしいところを、そねえにわしらを悪う言うてきたお人らが、こっそりと食べんさっちょるらしい」

「どういうことじゃ」

「留《とめ》さんが言うのに、穢《けが》れが多いって言うのも建前《たてまえ》でな、一頭捌《さば》いた夜にゃあ、大きな包みを持って組頭《くみがしら》は、二、三人連れて、お上《かみ》の偉いお人のとこや、山口や防府《ほうふ》の大商人のとこや、三田尻《みたじり》の網元《あみもと》のところまで足を運んでるとね」

「肉を持っていっちょるとちゅうことか」

久助《きゅうすけ》は驚いたように言い、伊三《いぞう》は、

「俺も聞いたで、誓願寺《せいがんじ》の手習いの折りにな、連れが言うちょった」

きくは、きっぱりと、

「そらそうじゃなあ。こねえおいしいもんを誰が放《ほう》るもんかいな。生《なま》で食べてもうまいもんをな。そねえなことで、この屠場《とじょう》もなんとかやっていけとういうことか。世の中、裏と表があるのじゃなあ」

きくはそう言いつつ、土鍋に肉や豆腐をまた入れていた。

「雨はやみませんなあ」

きくは外を見やって言った。

「何日目や。これで三日目か。またどっかで川があふれて、家が流される、人が死ぬということにならにゃええんじゃけどねえ」

きくの話を聞いて、久助《きゅうすけ》も顔を曇《くも》らせた。

「お前の言う通りになるかもわからんのう」

そして、未明から降り続いた大雨は、やがて大風を伴って、長州《ちょうしゅう》藩一帯が暴風雨下に置かれた。十二日の明け方六ツ時、橋本川が氾濫《はんらん》し、城下は濁流《だくりゅう》に飲まれた。町中はずたずたになり、大勢《おおぜい》の人々が死んだということが、まもなく小郡《おごおり》にも伝わって来た。あちこちの村々でも、山崩《やまくず》れや川の氾濫《はんらん》で、多くの人が死んだという話も伝わって来ていた。幸いなことに小郡《おごおり》では、何十軒かが床まで濁流《だくりゅう》に洗われるということはあったが、それぐらいで被害はすんだ。

かっと照りつける夏の日差《ひざ》しは、ただの一度もなしに、稲も綿も、みかんも育ちが悪く、秋には立ち枯れが出る有り様で、大凶作《だいきょうさく》の年となった。

結局この年は、大飢饉《だいききん》に見舞われた。が、これは後に続く大凶作《だいきょうさく》・大飢饉《だいききん》の前触れに過ぎなかったのだが……。

伊三《いぞう》とかねの出会い

その年の祇園《ぎおん》さんは、寂《さび》しいものであった。長州《ちょうしゅう》のどこかしこも、風水害に祟《たた》られて、正直、人々の気持ちは祭りを祝うどころではなかったであろうが、逆にそんなひどい時だからこそ、蒸《む》し暑い息苦しい夏を元気よく迎えるためにも、祇園《ぎおん》さんの夏祭りは催《もよお》されたのかもしれない。大勢の人が死に、大勢の人が住む家を追われたが、十四日の宵宮《よいみや》には、近郷《きんごう》近在の老若男女《ろうにゃくなんにょ》が寄り集まって来ていた。雨上がりの境内《けいだい》のぼんぼりや提灯《ちょうちん》に明かりがともった。どんなにつらいことがあっても、愛《いと》しい人との悲しい永《なが》の別れがあった後でも、人々は一夏の祭りに酔いしれるため、ぼんぼりと提灯《ちょうちん》の明かりに、誘蛾灯《ゆうがとう》につられるように集まって来るのだろう。自分にとって再び来ないかもしれない、この夏のこの祭りだという思いが、一人ひとりの胸の内にあるのだろう。

伊三《いぞう》もこの夜、妹ふみ共々屠場《とじょう》で働く長次《ちょうじ》に連れられて宵宮《よいみや》に来ていた。小郡《おごおり》を出る時、長次《ちょうじ》は別の二人も伴《ともな》っていた。その一人は長次《ちょうじ》より少し年下の十七歳になったばかりの辰蔵《たつぞう》であり、今一人は伊三《いぞう》らと同じ長屋に住むかねであった。

長次《ちょうじ》が気晴らしにと伊三《いぞう》やふみも、山口の祇園《ぎおん》さんに連れて行くでと、お父《と》うらに言っていて、この日の昼時、

「さあ、行こか」

と長次《ちょうじ》が、戸口から声をかけた。

きくは、伊三《いぞう》とふみに、

「長次《ちょうじ》さんが祇園《ぎおん》さんに連れて行ってくれるて。はよう支度《したく》しねえ」

と言った。伊三《いぞう》はうれしかったが、少々腹も立てていた。

「何で急に言うんじゃ」

と一度は怒って見せた。長次《ちょうじ》は、

「まあこらえちょけ。おまえらに言うん、お母《かあ》はん忙《いそが》しいんで忘れちょったんじゃろ。ええ、ええ、さあ行こうじゃないか」

と言われれば、伊三《いぞう》もふみにも異存《いぞん》はなく、二人は急いで外へ飛び出して行った。

小郡《おごおり》を出立したのが昼の九ツ半時で、それから半日、長次《ちょうじ》と辰蔵《たつぞう》にくっついて歩く伊三《いぞう》は、絶えず二間《にけん》ばかり後ろを歩く、年かさのかねと妹のふみを気に掛《か》けながら、長次《ちょうじ》と辰蔵《たつぞう》の道中話を、聞くともなく耳にしていた。かねという少女は、顔立ちのはっきりとした愛らしい女の子であった。二日前の大水で黄色く濁《にご》って、音を立てて流れている椹野川《さわらの》沿いに北へ向かっていて、朝田《あさだ》辺りについた頃、長次《ちょうじ》が後ろを振り向いて、

「かね、ふみ、喉《のど》が渇《かわ》いたんじゃろ。一休みするか」

と大声を出した。

「はあい」

ときれいな声が返って来て、五人は土手堤《どてづつみ》に倒《たお》れんばかりの体裁《ていさい》で、休み茶屋の床几《しょうぎ》に別れて腰を下ろした。客は他になかった。辰蔵《たつぞう》はそれでも、

「長次《ちょうじ》さん、大丈夫《だいじょうぶ》か」

と、しきりに落ち着かない素振《そぶ》りであった。長次《ちょうじ》は伊三《いぞう》にというわけでもなく、

「人間長いこと押さえ付けられちょるといけん。こっちの気持ちまで弱気の虫に取り付かれる。わしゃあそん時は、その虫を自分で潰《つぶ》すことにしちょるんじゃ。長く生きても一生、短く生きても一生、なあんも悪いことしちょらんのじゃけえ、細《こま》っこうなることはないんじゃ」

辰蔵《たつぞう》は、自分一人に言われているように、小さくなっていた。かねとふみは、わらび餅《もち》を食べながら、時々笑顔を見せ合っていた。だいぶ互いを近づけあってきたのだろう。男三人は甘酒《あまざけ》を飲んでいた。長次《ちょうじ》が突然、

「かねはなんぼじゃ。ふみは」

と聞いた。かねは、

「わたしは十、ふみちゃんは八つじゃやって」

と答えた。

聞かれもせぬのに、辰蔵《たつぞう》は
「わしは十七じゃ。長次兄《ちょうじ》さんと、まあ二つしか違わんで」

と言った。

この時、伊三《いぞう》は、辰蔵《たつぞう》を全《まった》く歯牙《しが》にもかけないかねの振る舞いは、自分と同じ年とは思えないほど落ち着いているし、その上、随分と気の強い子だと思った。辰蔵《たつぞう》は懲《こ》りないのか、この夜、何かとかねに言葉をかけていたが、相手は冷たいと思うほどの応じ方をしていた。これが伊三《いぞう》のかねについて持った最初の印象であった。五人が山口の町に入ったのは、七ツ半頃であった。

もともと男と女が十歳にでもなれば、表向き別々の世界で暮らしていかねばならない風潮《ふうちょう》がある中では、初対面の伊三《いぞう》とかねの間で、言葉一つ交わされることがなかったのも、また当然の成り行きであった。この宵宮《よいみや》祭りの参詣《さんけい》の行き帰りの話から、辰蔵《たつぞう》やかねも、同じ屠場《とじょう》の仕事に関わっていることを知ったのも、祇園《ぎおん》さんのお陰であったかもしれない。伊三《いぞう》にもかねにとっても、この夜はこの上ない楽しい時を過ごした宵宮《よいみや》であった。

大塩平八郎《おおしおへいはちろう》の乱に揺《ゆ》れる

天保《てんぽう》七（一八三六）年申年《さる》の秋より、雨は一向に止む気配《けはい》はなく、天保《てんぽう》八（一八三七）年は特に正月より、二月・三月と一日替わりに雨が降り、麦、菜とも大不作、みかん、茶も皆目駄目となった。

三月中頃より少しの間、天気は持ち直したかのようであったが、立春より四月上旬には、季節はずれの大風・大雨が三日も打ち続き、作物の全てが壊滅《かいめつ》的な痛手を蒙《こうむ》った。瀬戸内に面した村々でも漁は思うようにいかず、物の値段はみな鰻《うなぎ》のぼりに高くなり、萩《はぎ》の城下では、俄《にわか》行き倒《だお》れ、餓《が》死《し》者が通りのあちこち数多く見られたとの風説《ふうせつ》が、山を越えてここ瀬戸内寄りの小郡《おごおり》の村にも伝わって来ていた。この時期、俄非人《にわかひにん》が数多く出、各村々では村への出入りを固《かた》く禁じ、物貰《もら》いには一切応じないようにとのお達《たっ》しが、庄屋《しょうや》筋より流されたが、一向に効《き》き目《め》はなかった。死人は夥《おびただ》しい数にのぼった。村の長《おさ》でもあった清兵衛《せいべえ》も、心穏《おだ》やかには打ち過ごせぬ日々であった。

奉行所元与力大塩平八郎《おおしおへいはちろう》が率《ひき》いる一党が乱を起こし、大坂《おおさか》の町は一面火の海だという噂が、小郡《おごおり》の村々へ流れてきたのは、三月も半《なか》ばのことであった。町家に脂粕《あぶらかす》を納《おさ》めに回っている者が耳にし、村に持ち帰って来たものだ。

一端《いったん》事が起これば、組頭《くみがしら》清兵衛《せいべえ》は穢多《えた》仲間を通して、情報を素早《すばや》く集め得る立場にいた。皮《ひ》革《かく》の通商を通じて行うものだから、それは確かなものであった。大塩《おおしお》の乱について、入手《にゅうしゅ》した情報のおおよそは次のようでものであった。

二月十九日早朝、大坂天満《おおさかてんま》の元与力《よりき》、大塩平八郎《おおしおへいはちろう》は自らが開く学塾・洗心洞《せんしんどう》に結集していた、主に東組の与力・同心の門弟と、玉造《たまつくり》同心の何名かのおよそ二十五、六名に加えて、百姓と渡辺村穢多《えた》を加えて、その勢力は百名余りであったこと。初めの内は、天満橋辺りで一党が火矢を放ち、辺り一面は火の海となり、そこに百姓・穢多《えた》も加わり、七、八百人にも人の群れができあがっていたこと。やがて一党は船場に向かい、鴻池《こうのいけ》一族、天野屋五兵衛《あまのやごへえ》、三井呉服店・升屋《ますや》・米屋平右衛門《へいえもん》らの邸《やしき》や店舗《みせ》を焼き払ったこと。この間五、六時間、鎮圧《ちんあつ》のための兵の姿はなかったという。ようやく城から出動した兵は二手に分かれ、その一隊は平野《ひらの》橋辺りで一党と戦端を開き、淡路《あわじ》町に退却する大塩《おおしお》勢と再び戦端を交えて、城方に押され大塩《おおしお》勢は壊滅《かいめつ》したということ。たった半日の動きで、夕刻にはこの反乱は終息《しゅうそく》したこと。見ようによってはお粗末《そまつ》なものであった。が、この反乱が百姓・町民、特に穢多《えた》に与えた衝撃は、大きいものがあったこと。それは幕臣《ばくしん》が百姓・穢多《えた》と組《く》んで反乱に及《およ》んだこと。大塩《おおしお》勢が火を放って、三千五百戸に近い家が焼失し、二月の寒空に一万二千人余りの人々が、焼け出されたにもかかわらず、大坂《おおさか》では「大塩《おおしお》様」「平八郎《へいはちろう》様」の声が、跡を立たないということ。その大塩平《おおしおへい》八郎《はちろう》は三月二十七日の朝、潜伏《せんぷく》先の油掛《あぶらかけ》町の美吉屋五郎兵衛《みよしやごろうべえ》宅の裏手の納戸《なんど》で、捕方に囲まれ自刃《じじん》した。これらに先立って、大塩平八郎《おおしおへいはちろう》は二月六、七、八日の三日間にわたり、蔵書《ぞうしょ》を売った一千両に近い大金を、窮民約一万戸の家々に一戸当たり一朱の施《ほどこ》しを行っていること。それの範囲は大坂《おおさか》の内外、三十三カ町村に及《およ》んでいたということ。

清兵衛《せいべえ》はそれらを咀嚼《そしゃく》して輩下《はいか》に流した。それを伝え聞かされた小郡《おごおり》の屠場《とじょう》に働く男も女も、叫び出したいような気持ちにかられていた。

町方でも村々でも大塩平八郎《おおしおへいはちろう》の乱の風評にどよめいていたが、穢多《えた》村の者たちが心動かされたほどには、それは、深く強いものではなかったのではなかろうか。打ち続く凶作《きょうさく》・洪水によって打ちひしがれていた多くの人々は、一層《いっそう》不安に陥っていた。そこへこの報であり、大塩《おおしお》の乱に触発《しょくはつ》されるように、七月に入って一揆《いっき》が大島《おおしま》・徳地《とくち》・美禰《みね》・小郡《おごおり》の各宰判《さいはん》と支藩長府《ちょうふ》領に勃発《ぼっぱつ》した。ただ先の一揆《いっき》を既に経験していた藩の対応は敏速《びんそく》であり、鎮圧《ちんあつ》に際しては、次々と有効な手を打ち、ために各地の一揆《いっき》はあえなく潰《つぶ》れた。

それでも人々はあちこちで催《もよお》される盆踊りに、甲冑《かっちゅう》を身に纏《まと》い、大塩平八郎《おおしおへいはちろう》を真似《まね》て踊り出す者まで出現していたし、踊りの輪の中で、音頭を取る者までが大塩平八郎《おおしおへいはちろう》と息子格之助《かくのすけ》が、いかに世直しの為に数々の善行をなし、壮烈な最後を遂げたかを、思い入れたっぷりに語る始末《しまつ》であった。まして穢多《えた》村の人々にとって、自分たちと同じ身分の者と手を結んで、お上《かみ》に刃《は》向《む》かった人となっていた大塩平八郎《おおしおへいはちろう》への思い入れは深く、強いものがあった。とりわけ若者たちにとっては、その後の生き方にまで、様々な示唆《しさ》を与える波紋《はもん》を生んでいったのである。

押し寄せる改革《かいかく》の波

前年を境に、村役人への不平不満に端《たん》を発した一揆《いっき》らしきものはあるにはあったが、この後、明治維新まで再び大一揆《いっき》が起こることはなかった。かかってそれは、天保《てんぽう》八（一八三七）年、毛利敬親《もうりたかちか》の藩主への襲封と、翌天保《てんぽう》九（一八三八）年八月、村田清風《むらたせいふう》が葛飾《かつしか》手元役から、郡奉行香川作兵衛《かがわさくべえ》とともに、地江戸仕組《しく》み掛《かか》りに任ぜられ、彼らによって具体化された改革が、功を奏《そう》したからだと言われて来た。その村田清風《むらたせいふう》らによる藩の政治改革の根本は、彼の言をもってすれば「御仁政は万民に行き届かせ、山の形の如《ごと》く裾張《すそばり》に上《うえ》を損し、下《しも》の益候《えきそうら》へば、天下はゆるぎ申さず」と言い、そうした幕藩《ばくはん》体制を再編するためには、「士は文武《ぶんぶ》の教えをもって清廉剛毅《せいれんごうき》、百姓は孝悌《こうてい》力田の御引き立て御先に務《つと》む」とその基本方針を謳《うた》っているところにあった。そのように改革を定義して推し進めようとするにいたったのには、逆《さか》のぼって天保《てんぽう》二（一八三一）年の大一揆《いっき》の最中、八月二十五日萩《はぎ》城中での一揆鎮圧《いっきちんあつ》のための評定《ひょうじょう》で、城主毛利《もうり》斉元《なりもと》を前にこの危機的状況《ききてきじょうきょう》にあまた多くの上司・同輩は周章狼狽《しゅうしょうろうばい》し、藩政の鼎《かなえ》の軽重《けいちょう》を問われる危機に瀕《ひん》していてもなお、何ひとつ有効な手立てが打たれようとしなかったことに起因していた。

もともと瀬戸内沿岸の百姓たちによって暴発した一揆《いっき》の勢いは、短時日の三日を経《へ》ずして山間部に波及《はきゅう》し、日本海沿岸の百姓たちをも根こそぎ動員する未曾有《みぞう》の出来事であった。しかしながら、それぞれの地域の百姓たちの藩政への願いの筋はまた様々に異なっていた。それゆえに一揆《いっき》を鎮《しず》める手立てを打とうにも、有効な手立てがなかったのである。この時に、郷士《ごうし》出身の村田清風《むらたせいふう》は一揆《いっき》勢の願いの筋も地域によってそれぞれに大きく異なり、また、百姓のみで生きる者と紙や蝋《ろう》・塩を田圃《たんぼ》仕事の傍《かたわ》ら商《あきな》う者との間には、埋めようもない違いがあると見極めていた。一揆《いっき》勢の刻々の動きを上申《じょうしん》する郡代官・役人たちの発言の中から、彼はそれらのことを冷徹《れいてつ》に見据《みす》えていた。

また藩がこれを処理仕切れない時、藩そのものが立ち行かなくなるであろうことを清風《せいふう》は知っていた。先を見通す少数の同輩たちと意見交換を行い、やがて藩を揺《ゆ》るがす一揆《いっき》勢の狙《ねら》いを、産物会所《さんぶつかいしょ》の廃止とそれにつながる役人・仲買《なかがい》商人らの不正を糾弾《きゅうだん》すること。村役人と村の組頭《くみがしら》たちの不当《ふとう》な支配への糾弾《きゅうだん》を行っていること。村の富裕《ふゆう》層とつながっている在郷武士への糾弾《きゅうだん》を行っていること。最後に一番厄介《やっかい》なこととして、商人化しつつある穢多《えた》への糾弾《きゅうだん》を行っていることと清風《せいふう》は見ていた。

彼は一揆《いっき》勢がいまだ拡大していく最中の天保《てんぽう》二（一八三一）年八月の終わり、あえて殿様祭り興業を村々で始めさせている。それは伊佐《いさ》村であり、九月に入っては桂坂《かつらさか》村・川上村・大《おお》木津《きづ》村で一揆《いっき》の余震《よしん》がまだ打ち続く中で、殿様祭り興業を始めて行った。明らかに一揆《いっき》勢の分断を狙《ねら》ったものであり、それはやがて大きな効果を上げ、十一月初旬藩内が沈静化に向かっていると見極めた藩主斉元《なりもと》は江戸へ参勤交代《さんきんこうたい》に出発して行った。

この年の十月、村田清風《むらたせいふう》は表番頭《おもてばんとう》格・江戸当役座用談役の要職に昇格した。そして、彼はいまだ一揆《いっき》の勢いが収まりきらない内に、藩政の立て直しのため次々に組織だった手を打っていっていた。それは十月初めから十二月中旬にかけて一揆《いっき》の発端《ほったん》となった石見屋嘉右衛門《いわみやかえもん》と紙屋儀兵衛《かみやぎへえ》両名を捕縛《ほばく》し萩《はぎ》へ拘引《こういん》したことを手始めに、藩全域にわたって一揆《いっき》を組織的に行った組頭《くみがしら》及び在郷《ざいごう》武士、悪徳商人らを捕縛《ほばく》し糾問《きゅうもん》することであった。片方、一揆《いっき》勢によって糾問《きゅうもん》されている不正役人の処罰《しょばつ》を行い、産物会所《さんぶつかいしょ》を廃止する等、彼は次々と果断《かだん》な政策を打ち出していった。それは取りも直さずこの天保《てんぽう》の大一揆《いっき》の持つ意味を誰よりもよく彼が認知《にんち》していたからに外ならない。それゆえ、彼と彼を支える藩の中堅層の陪臣《ばいしん》たちはこの大一揆《だいいっき》から学ぶものとして、藩を立て直すためには大改革も止むなしという結論に至《いた》っていた。

天保《てんぽう》二（一八三一）年十月二十三日、要職についたその五日後、やがて彼と天保大改革《てんぽうだいかいかく》の主要メンバーとなる長屋藤兵衛《ながやとうべえ》・木原源右衛門《きはらげんえもん》の登用に力を貸し、天保《てんぽう》三（一八三二）年の建白書《けんぱくしょ》「此度読」の中で、「国家御危急之大難《ききゅうのたいなん》」の根源の一つに天保大一揆《てんぽうだいいっき》を指摘《してき》し、後の天保《てんぽう》十一（一八四〇）年の村田清風《むらたせいふう》の天保改革綱領《てんぽうかいかくこうりょう》の原型ともなるものを作り上げていた。その動機を「病翁宇波言《びょうおううわごと》」（嘉永《かえい》五年）の中で述べている。

「過る卯《う》の年（天保《てんぽう》二年）の百姓一揆《いっき》は、洞春公以来の国地を百姓共踏荒したるにあらずや、此の乱何ことより萌《きざ》したるか、克々工夫あるべきことなり、罪《つみ》は政《まつりごと》をなす人にあるべし、出納《すいとう》を司《つかさど》る役人にはなしと知るべし」

天保大一揆《てんぽうだいいっき》が国家危急之大難《ききゅうのたいなん》の一つとして認識され、それが起こる根源が「政をなす人」に求められている以上、政治改革は必然であるとしている。

具体的な改革案は天保《てんぽう》三（一八三二）年の支藩徳山《とくやま》領一揆《いっき》・翌四年の長門《ながと》一揆《いっき》を経《へ》て、天保《てんぽう》七、八年の洪水《こうずい》・凶作《きょうさく》による人心不安、そして大塩《おおしお》の乱を伝え聞いての、瀬戸内・中央山間部および支藩長府《ちょうふ》領一帯を一揆《いっき》の渦中《かちゅう》に巻き込んだ、天保《てんぽう》八（一八三七）年の一揆《いっき》を経《へ》てそれは政治日程にのぼってきたのである。

このような大きな流れがあったからこそ、一揆《いっき》勢による穢多《えた》狩りが部落と百姓双方に与えた衝撃は後々まで深い傷痕《きずあと》を歴史の上に陰を落とすことになった。それは天保大一揆《てんぽうだいいっき》の中に明らかな痕跡《こんせき》を残していた。例えば『浮世《うきよ》の有り様』という商人が残した記録の中に、「宮市《みやいち》・三田尻《みたじり》・大野《おおの》・山口等に人家多く打ち砕きぬ。されども余りに人を殺せしはなし」と言われたこの天保大一揆《てんぽうだいいっき》の中で、際立《きわだ》っているのは「穢多《えた》の村々も悉《ことごと》く打ち砕き、大勢《おおぜい》を打ち殺せし」という風聞《ふうもん》を伝えていることであり、それほどに百姓たちの穢多《えた》への憎しみは際立《きわ》っていたのだろう。穢多《えた》村の人々が一揆《いっき》攻撃の対象となったことは、それが、直接の動機が皮《ひ》革運搬《かくうんぱん》にあり、人々の多くが牛馬の皮革《ひかく》取り扱いを主たる生業《なりわい》としていたことからも十分に考えられる。そしてその中で、やがて藩の上士《じょうし》層、例えば、家老浦靭負《かろううらゆきえ》日記の天保《てんぽう》二（一八三一）年の八月五日付には「穢多《えた》村壊《むらこわ》し候《そうろう》につき、穢多《えた》中百姓と出合い、合戦仕候《つかまつりそうろう》につき、役人静り候様差図候得共聞入不申《そうろうようさしずそうろうえどもききいれもうさず》につき、穢多《えた》を打殺《うちころし》候《そうろう》指図《さしず》仕《つかまつり》候《そうろう》に懼《おそ》れ候《そうろう》而《はば》穢多《えた》退散《たいさん》候《そうろう》」と記《しる》している。

また『夜市福川百姓騒動一件記』には、「川崎町出張御役人指図《さしず》にて検断其外《そのほか》穢多《えた》共《ども》差出《さしだし》於諸所悪党もの、追々召捕拷問《めしとりごうもん》に及《およ》び候処《そうろうところ》」と述べている。いずれにしろ、この天保大一揆《てんぽうだいいっき》での百姓たちによる、穢多《えた》村に対する暴行・殺人・掠奪《りゃくだつ》について、藩の上層《じょうそう》部はこれを容認し、あまつさえ多数を打ち殺せとまでいい、それをもって百姓どもの藩へ向かっている攻撃の矛先《ほこさき》をそらす挙《きょ》に出ていたのである。

したがって、この前後から始まった七ケ条を綱領《こうりょう》とした藩政改革《かいかく》の実施は、長州《ちょうしゅう》藩各地の穢多《えた》村の住民にとって、それは一層《いっそう》の封建的幕藩《ばくはん》体制の確立であり、身分の統制《とうせい》が一段と厳《きび》しくなっていったことを示しており、実生活の面でも窮迫《きゅうはく》を迫られたのである。天保《てんぽう》の改革《かいかく》から奇兵隊《きへいたい》の結成に至《いた》る様々な過程においても、やがて多くの悲劇を生み出した。薩摩《さつま》藩・土佐《とさ》藩と結んだ倒幕《とうばく》運動の中心として動く長州《ちょうしゅう》藩であればこそ、部落民の生活上に様々な不当な悲劇的な影を落として行くことになるのである。

本格的に天保《てんぽう》の改革が始まる

天保《てんぽう》八（一八三七）年以来の藩による引き締めは世の中全体を息苦しいものにしていた。先の大一揆《だいいっき》以降、藩は毎年改革という名目で次々とお触れ書きを発して来た。そしてそれが本格的に開始されたのは、天保《てんぽう》九（一八三八）年八月に村田清風《むらたせいふう》が藩の「地江戸《えど》仕組《しくみ》掛り」に就任《しゅうにん》した頃からであり、統制と取り締まりの強化は一層厳《きび》しくなり、奢侈《しゃし》禁止令・綿《わた》服のみの使用等々多岐《たき》にわたり、それは衣食住の全領域に行きわたっていた。ただ百姓町民はそれらの取り締まりに全面的に未だ従わず、緩《ゆる》やかに抵抗《ていこう》の姿勢を示していた。

改革の実が上がらないのに業《ごう》を煮《に》やしたのか、しばらくした五月十日、藩主敬親《たかちか》は行相府と国相府の改革担当者に改革のための意見具申《ぐしん》を提出せしめた。次いで九月二十七日に江戸当役御用談役に村田清風《むらたせいふう》は就任《しゅうにん》した。これに先立って藩主の命を受けた彼は、七月七日に萩《はぎ》城中において改革を推進するための大評定《だいひょうじょう》を行なった。そこでも五月十日の意見具申《ぐしん》者十三名に加え、新しく坪井九右衛門《つぼいきゅうえもん》・中谷市左衛門《なかたにいちざえもん》・赤川喜兵衛《あかがわきへえ》の三名の意見具申《ぐしん》をもって、これら百石前後の中堅家臣団《かしんだん》を中核に、藩政改革についての意見を集約した村田清風《むらたせいふう》は、逼迫《ひっぱく》した領主財政の現状を包み隠さず明らかにした上で「流弊改正《りゅうへいかいせい》」を指摘《してき》して七カ条の改革綱領《かいかくこうりょう》からなる財政再建政策を提示した。

ここに長州《ちょうしゅう》藩始まって以来の官民一体《かんみんいったい》となった財政改革を中心とした藩政改革が一瀉千里《いっしゃせんり》で進められて行くことになったのである。巷間《こうかん》幕藩期、全国各地の諸藩において一揆《いっき》が続発したことに比して、長州《ちょうしゅう》藩ではそれが皆無《かいむ》に近かったことをもって、天保《てんぽう》の改革は希有《けう》の良策であったといわれている。

しかし穢多《えた》村の側からすれば、これほど統制の厳《きび》しい、息も出来ぬほどにがんじがらめに縛《しば》られた体制を敷《し》かれたために、不当《ふとう》な身分から脱却《だっきゃく》することがほぼ不可能に近くなってしまったのは確かであった。

後年、高杉晋作《たかすぎしんさく》らを中心にして、百姓町人を主体とした新しいヨーロッパ体制の軍制であるとまことしやかに伝えられた奇兵隊《きへいたい》が結成されたが、その中でも、百姓たちもまた厳《きび》しい身分制の縦割り支配の中に置かれた、封建性そのものを具現《ぐげん》した軍隊であったところに、多くの様々《さまざま》な悲劇を生んでいったのである。それらの萌芽《ほうが》がこの天保《てんぽう》の改革にあったといってもいいのではなかろうか。

伊三《いぞう》らの成長

天保《てんぽう》十一（一八四〇）年十一月。こっとい皮の上納《じょうのう》の期限が、あと一カ月あまりに迫《せま》っていた。こんな世情の中では、こっとい皮を一年に百枚生産し、上納《じょうのう》するのは容易なことではなかった。何より凶作《きょうさく》と不況の上に、相次《あいつ》ぐ奢侈《しゃし》禁止令のお触れ出しの中で苦しむ百姓たちの厳《きび》しい目は、穢多《えた》村、それも皮革《ひかく》生産に携《たずさ》わる者らには一段と厳《きび》しいものがあった。百姓たちは死牛馬を穢多《えた》に引き渡すことを拒《こば》み、土中へ埋める等の妨害《ぼうがい》を行い、それが跡を断たなかったため、百姓たちが騒がぬように牡牛《おうし》を相当数確保することは至難《しなん》の業《わざ》であった。その上に禁令を犯して牛馬を殺害しなければ皮革《ひかく》の安定的生産がおぼつかないのである。時期を失すれば折角《せっかく》作ったこっとい皮の積み出しが出来ないということもあって、屠場《とじょう》を持つ穢多《えた》村はそれぞれに惨憺《さんたん》している所であった。

ここ小郡《おごおり》の岐波《しば》村の穢多《えた》村では、伊三《いぞう》は十四歳となっていたが、人並みすぐれた体躯の持ち主であったからか、誰がどう見ても十七、八歳の屈強《くっきょう》の若者に見えた。今では屠場《とじょう》内の仕事も父の久助《きゅうすけ》と組んで一頭を捌《さば》く時の班長となっていた。父を助けて実質上すべての作業を取り仕切り差配《さはい》するまでに仕事に熟練《じゅくれん》していた。今日も屠場《とじょう》の作業場に引き出された牡牛《おうし》を一撃《いちげき》を加えて引き倒《たお》し、牛の喉元《のどもと》をかき切って絶命させ、率先《そっせん》して胴を割《か》っ捌《さば》いていく一連の作業を

伊三《いぞう》は苦もなく素早《すばや》くやってのけていた。作業場の見回りに久しぶりに立ち寄った組頭清兵衛《くみがしらせいべえ》は、傍《かたわ》らの久助《きゅうすけ》に、

「久助《きゅうすけ》どん、だいぶ役に立つようになったのう」

と、一心に腑分《ふわ》けに取り組む伊三《いぞう》を見やって言った。

「ありがたいことで、これも組頭《くみがしら》のお陰《かげ》と思うちょります」

「なんぼになったんじゃろうか、伊三《いぞう》は。もう一人前じゃあないかい。そろそろ世帯をもたせんにゃのう」

「何をいいんさる組頭《くみがしら》、まだ十四ですじゃ」

清兵衛《せいべえ》は驚いて、

「嘘《うそ》じゃろ、あの体あの身のこなしで十四たあ思えんぞ」

久助《きゅうすけ》はうれしそうに、

「いえいえ、ほんとのとこ十四ですじゃ。仕事は組頭《くみがしら》のお褒《ほ》めにあずかりましたように、親ばかじゃあないですが一人前です。ただまだ他のことは子供ですよって」

「それにしてもたいしたもんじゃ、十四でのう。班を取り仕切るようになるのも近いのう。わしにも楽しみが一つできたわ。気張ってやれと言うちょいてくれ」

「ありがたいことで、ありがたいことで」

久助《きゅうすけ》は立ち去って行く清兵衛《せいべえ》の後ろ姿に幾度《いくど》となく頭を下げていた。伊三《いぞう》のことばかりでなく、そこには平穏《へいおん》に一家が暮らして行ける道をつけてくれたお人として、組頭《くみがしら》を敬《うやま》う心が表されていた。天保《てんぽう》五（一八三四）年に組頭《くみがしら》の導きでここ岐波《しば》村に移り住み、一家で屠殺《とさつ》の仕事をやってきて、仕事にもようやく慣れ、それにつれて収入も増えてきた。昨年の暮れには一間きりの長屋を引き払って、少しは広い家にも移り住めるようになっていた。娘のふみも十二歳となり、きくと伊三《いぞう》の三人が屠場《とじょう》で働く間、家の事一切を取り仕切るまでに成長していた。与吉《よきち》も九歳となり、伊三《いぞう》にならって村外れの誓願寺《せいがんじ》に読み書きを習いに行き始めて、合間をぬって屠場《とじょう》の走り働きもするようになっていた。

穢多《えた》村への世の中の厳《きび》しい締め付けや押さえ込みに、口惜しい思いをすることは度々《たびたび》であったが、打ち揃《そろ》って家族が平穏《へいおん》に過ごせることを、人のよい久助《きゅうすけ》はいつまでも続いていってほしいと思う今日この頃であった。

久助《きゅうすけ》はもの思いにふけっていたが、はっと元に戻された。

「おじさん」

とかねに言われたからだ。

「大丈夫《だいじょうぶ》。なんか心ここにないって感じじゃったんよ」

血で汚れた作業着を身にまとっていてもすらっとした、いっぺんに娘らしくなったかねがそこにいた。

「いやいや、ちょっと考え事をしていただけじゃ。かねは仕事の方、一段落したんか」

「うちの今日一日の仕事は、あれが回ってきたら終わりなんよ」

伊三《いぞう》らが腑分《ふわ》けしている方を指さした。

「かねも一人前になったのう」

「何が」

「生皮をぴいんと張り付けるのは、一番早うて、うもうなったって、きくが言うちょったぞ」

「うちはまだまだいね。きくおばさんにまだ色々と教えてもろうちょるのに。それに陰干《かげぼ》しで手抜くと鞣《なめ》しがうもういかんじゃろ、ほじゃから」

「そりゃそうと、おさわさん所から出たんじゃて」

少し戸惑《とまど》った表情をしながら、

「この五月からね。お母さんには五つの時から育ててもうて、ほんとにどねえお礼を言うていいか。ほじゃからていつまでもちゅうわけにもいかんじゃない、思い切って長屋借りることにしたん。そいでもお母さんには今でも何でも相談するんよ」

「おさわさんもようやったからのう。伊三《いぞう》はわしらとは血がつながっちょるが、かねはそうと違うからのう。どっちにしろ、伊三《いぞう》もおまえもよう育った。そいじゃあからちゅうておさわさんを大事にせにゃいけんよ。伊三《いぞう》らももう後片付けに入っちょるようじゃな。かね、そろそろ仕舞《しま》えと言うて来てくれ」

「はあい」

とかねは跳《は》ねるように、伊三《いぞう》の所へ走っていった。なんともきれいな娘になったもんじゃと、かねの飛び跳《は》ねる美しい姿を見つつ久助《きゆすけ》は思った。

十一月十五日の朝、ようやくこっとい皮の予定数を作り上げて、今日の仕事は終わった。それでもいつものように、朝の六ツ時に起き出しての親子五人の朝餉《あさげ》であった。伊三《いぞう》はふみと与吉《よきち》に言った。

「今日は仕事はなしじゃから、久しぶりに誓願寺《せいがんじ》のお住《じゅ》っさんの所へ行く。ふみも与吉《よきち》も行くか」

ふみはご飯をよそいながら、

「うち行ったことないもん。行ってもええん」

「そりゃかまわんで。」

と伊三《いぞう》はぶっきらぼうに言った。与吉《よきち》は、

「兄やん何でじゃ。何で急に思い出したように誓願寺《せいがんじ》なんかに行くんじゃ。わしらは三日にいっぺんお住《じゅ》っさんとこへ手習いにいっちょるけど。兄やんはもうええんとちがうか」

とぶつくさ言った。伊三《いぞう》は遠くを見るように、

「わしにとっても恵春《けいしゅん》住職は恩人なんじゃ。長いことお住《じゅ》っさんにおうちょらん。色々と話をしてみたいから、それにお住《じゅ》っさんの話も聞いてみたいと思うしのう」

和《なご》やかな朝餉《あさげ》であった。きくはふみと与吉《よきち》に、

「折角《せっかく》お兄ちゃんが言うてくれちょるんじゃから行っちょいで。家の方はわしがしちょくから。今日はお日和《ひより》もええし、洗いもんをするぐらいでなあんもありゃあせんから、行っちょいで」

と言った。ふみは、

「兄やん、かねさんを誘《さそ》ったらいけん」

と言った。久助《きゅうすけ》は自分でもいいことだと思ったのか、

「そりゃええことじゃ。随分《ずいぶん》しっかりしてきちょるようじゃが、そいでも一人ぼっちじゃからこういう時は誘《さそ》うちゃりや」

それでも伊三《いぞう》は、

「相手の都合《つごう》もあるじゃろがい、行くなら行ってもええぞ」

と、いかにもぶっきらぼうに言った。

II

誓願寺《せいがんじ》住職・恵春《けいしゅん》のこと

誓願寺《せいがんじ》の恵春《けいしゅん》住職がいつ頃この穢多《えた》村に来て、廃寺《はいじ》であった誓願寺《せいがんじ》にいつ移り住んだのかは、村の大半の者は詳《くわ》しくは知らなかった。ただ古くから仏祭りを大事にしている年寄りたちは、死に絶えた住職に代わって新しいお住《じゅ》っさんがいつ来てくれるのかと心待ちにしていた。そして、あの天保《てんぽう》の大一揆《だいいっき》のどさくさにふらりと舞い込んできたのが恵春《けいしゅん》であった。村の古老《ころう》の何人かはその時のその場面だけを覚えているが、他の村の者にとっては恵春《けいしゅん》はずっと以前から誓願寺《せいがんじ》に住んでいると思われていた。それほど村の人からも慕《した》われ、村にはなくてはならぬ住人の一人になっていた。

天保大一揆《てんぽうだいいっき》の最中に、無宿者或は無宗旨の浪人《ろうにん》らはひと固《かた》まりで徒党を組んで動いており、彼等は後日、藩から悪党として厳《きび》しく追及《ついきゅう》されていた。片方で村の在郷武士たちは一揆《いっき》を鎮圧《ちんあつ》する側にまわっていた。そのいずれでも恵春《けいしゅん》はなかった。一揆《いっき》の最中にはどのような動き方をしたのか定かではない。誰も寄り付かない穢多《えた》村に風来坊《ふうらいぼう》のように流れついて、ずっと以前からそこに移り住んでいるかのように自然な形で誓願寺《せいがんじ》に入り、村の人に請《こ》われて経文《きょうもん》を唱《とな》えるなど仏祭りを執《と》り行なっていた。そして請《こ》われもせぬのに、村の子供たちを集めて読み書きを教え始めたのである。もうすでに初老《しょろう》に近く、坊主《ぼうず》には似つかわしくなく、日焼けした筋骨《きんこつ》隆々《りゅうりゅう》の恵春《けいしゅん》という住職がいかなる背景《はいけい》で僧籍《そうせき》を得たのか、なぜ穢多《えた》寺に移り住むに至ったのかは誰も知るところではなかった。

昼の四つ過ぎ、村から一里あまり離れた山あいに立つ誓願寺《せいがんじ》にたどり着いた時には、伊三《いぞう》、ふみ、与吉《よきち》、そしてかねは、もう初冬だというのに少し汗ばんでいた。

「ごめん」

と伊三《いぞう》は大きな声で小さな寺の山門から訪《おと》なったが、森閑《しんかん》として人の気配《けはい》はなかった。身軽な与吉《よきち》がみんなの側をくぐり抜けて、勝手知ったるかのように庫裏《くり》の中へ飛び込んでいった。そしてすぐに引き返してきて、

「お住《じゅ》っさんはおるようじゃけど、今はおらん」

「なんじゃ、そりゃあ」

と伊三《いぞう》は言い、ふみまでが、

「もちょっとわかるようにいい」

と笑いながら言った。傍《かたわ》らでかねもほほ笑んでいた。

「お住《じゅ》っさんはいるみたいじゃいね。かまどに鍋がかかって火がくべてあって、鍋から湯気《ゆげ》がたっちょる。それでもお住《じゅ》っさんはおらんのじゃ」

と与吉《よきち》は少しふて腐《くさ》れたように言った。

「ちゅうことであれば、折角《せっかく》来たんじゃから上がらしてもらおう」

と伊三《いぞう》は言い、みんなを誘って庫裏《くり》の土間へ上がった。そして我が家にいるように本堂に向かった。二十畳余りの小さなお寺の本堂には、黒光りした阿弥陀如来像《あみだにょらいぞう》が祀《まつ》ってあり、その前にはおそらく朝切り取ったのであろう野の花が供《そな》えてあった。どこもかしこもぴかぴかに磨《みが》きあげられている。三人はこもごも阿弥陀如来《あみだにょらい》の前に額《ぬか》づいて線香を上げ、しばらくそれぞれの思いで合掌《がっしょう》した。与吉《よきち》も皆の真似《まね》をして手を合わせた。そして自然とそうなったように、本尊《ほんぞん》を前に伊三《いぞう》を中心に小さな円をかいて座った。住職の現れるのを待つかのようであった。

かねが突然ふみに語りかけた。

「こんな形でふみちゃんや伊三《いぞう》さんと一緒になるんい久しぶりじゃねえ。あの祇園《ぎおん》さんに行った時以来と違うかしら」

と言った。ふみは思い出しかねていたようだったが、伊三《いぞう》はすぐに、

「そうじゃのう、長次《ちょうじ》さんに連れて行ってもらった時かのう」

と言った。かねは、

「そう。ふみちゃんは覚えてない」

と言い、ふみもやっと記憶《きおく》がもどったのか、

「ほんとにあの時以来」

と言った。そしてふみとかねの間で、華《はな》やいだ軽い対話が親しげに交わされているのを横で耳にしながら、伊三《いぞう》はかねのことを、あの時とえらい違いじゃな、どっちがほんとかなあと思いながら、つくねんとして座っていた。与吉《よきち》は落ち着きのない様子で立ったり座ったりと動いていた。しばらくして、

「よう、来たのか」

と野太い声がして恵春和尚《けいしゅんおしょう》が姿を現した。両鬢《びん》に少し白い物が見える。伊三《いぞう》は少し年老いられたかなあと恵春《けいしゅん》を見ていた。恵春《けいしゅん》は伊三《いぞう》の前に座った。伊三《いぞう》は座り直し改めて深々と礼をした。

「ご無沙汰《ぶさた》をしちょります、先生」

と言った。その「先生」という呼びかけが、ふみにもかねにもおやっという感じでなんともなしに新鮮であった。恵春《けいしゅん》は慈《いつく》しむような眼で伊三《いぞう》を見ながら、

「だいぶんしっかりしてきたのう。仕事はどうじゃ。辛《つら》い仕事じゃろうが、出来るようになったかのう」

「お陰様《かげさま》で、この頃じゃあ一頭を任されるようなりました」

「それは重畳《ちょうじょう》」

といい、恵春《けいしゅん》は、

「今日檀家《だんか》からいただいた団子《だんご》があったはずじゃから、ちょいと待て」

と腰を上げようとした。ふみがすばやく、

「わたしが支度《したく》します」

と言って、与吉《よきち》を伴って素早《すばや》く庫裏《くり》へ立っていった。

恵春《けいしゅん》は本尊《ほんぞん》に静かに礼拝《れいはい》をすませると、向きを変えて伊三《いぞう》の方へ座り直した。

「えらい仕事じゃろうが、それはそれとして本を読むのも続けてくれておるんじゃろうな」

伊三《いぞう》は急に汗が吹き出したのか、しきりに首筋に手をやりながら答えた。

「それがどうにも、こっちに寄せてもろうた時と今とはまた違うんで、そいでもお借りした本、引っ張り出してたまに見ることもあるんです。それはほんとです」

「折角《せっかく》の才を伸ばさんのは、なんちゅうても惜しいのう。努めて頑張りなさいよ」

と言いつつ、恵春《けいしゅん》は二人の会話を静かに聞いているかねを見やって、

「こちらは」

「お住《じゅ》っさんにお引き合わせするんが、遅うなりましてすいません、かねさんです。わしと同じ境遇《きょうぐう》で、同じ屠場《とじょう》で働いているんです」

「同じ境遇《きょうぐう》ちゅうこたあ、あの折りの生き残りちゅうことか」

「そうです」

「かねさんところは全部」

と伊三《いぞう》は言いかけて、

「そうじゃね」

とかねに相槌《あいづち》を求めた。かねは
「なんのお話ですか」

かねは一瞬少し警戒《けいかい》しつつ確かめるように言った。

「ああ、そらそうじゃ。こねえな話を急に持ち出してわしが悪かった。話ちゅうのはわしらが五つ頃のあの時の一揆《いっき》のことじゃが」

かねはまだ幾分固《いくぶんかた》い調子で、

「その話じゃったら伊三《いぞう》さんもうちと同じじゃちゅうこと、今のお母さんからよう聞いて知っちょります」

伊三《いぞう》は勢いづいて言った。

「その夜は焼き打ちされ嬲《なぶ》り殺しに遭《お》うて、父親や母親を殺されたもんがようけおったって、かねさんもその内の一人じゃちゅうこと、お父《とう》からは前々から聞いちょったんじゃ」

恵春《けいしゅん》は、

「これも何かの縁《えん》じゃ。仏様の前でこねえな話をするのもなあ」

と言った。そして、声明《しょうみょう》を唱《とな》えて合掌《がっしょう》し、やおら改まった様子で二人に話しかけた。

「あの夜のことは二人とも幼かったじゃろうから、何事も覚えちょるかどうかわからんのじゃが。ただな、わしが思うのに人の一生でどねえでも忘れちゃいけんことはあるわな。わしにとってもそうじゃが、おまえらにとってもあの夜のことはそれと違うのかのう」

伊三《いぞう》は思い詰めた様子で、

「お爺《じ》いが言い残したことを、ふっと思い出すことがあって、お爺《じ》いの声が今でも耳に残っちょります」

と言い続けて、

「ものすごい顔をした大勢《おおぜい》の百姓がお父《とう》やお母《かあ》を外へ引きずり出しちょったんを覚えています。不思議なんじゃけど、いつも思い出す時はそこだけじゃいね」

恵春《けいしゅん》はうなずきながら、

「かねさんはどうじゃ。嫌《いや》なことを思い出させてなにじゃが、あの夜の事忘れちゃあいけんと思うちょるんじゃ、それで聞くんじゃが」

それに促《うなが》されてか、かねも語り始めた。

「真っ暗な中でぱちぱち音がして家が燃やされていたんと、炎《ほのお》が真赤《まっか》での、それと誰かにつかまれて家の裏手《うらて》の小川に放り出された時の痛さを覚えています。長いことその事ばっかり思い出しちょりました。今頃になって、あの時うちを家の外へ放り出してくれたんはお父ちゃんじゃなかったんかなと思うちょります」

かねは少し涙ぐんでいた。庫裏《くり》からふみが戻って来た。その場の空気に気圧されたように固《かた》くなりながら、めいめいの前にお茶と団子《だんご》を置き終わると少し離れた所に座った。恵春《けいしゅん》はやおら語り始めた。

「あの時の事じゃ、こっとい皮の事で、百姓らは常々この村の者にも特に恨《うら》みを持っていたようじゃが、この村を焼き打ちにし、大勢《おおぜい》殺した事だきゃあ、本当のところは誰かが後ろで糸を引いちょったんじゃないやろかと思われるんじゃ。わしもまだまだ修行が足らん方じゃが、年を経《へ》るにつれてそう思うようになってきたんじゃなあ。諸国を回って来てな、百姓一揆《いっき》ちゅうもんは、いつの場合もお上《かみ》に向こうて刃向《はむ》かうもんなんじゃ。あの時の一揆《いっき》にもそれはあったが、ちいと様子が変わってたなあとわしは思う。この地に流れ着いて長年百姓の側に立っちょったから、あの時も一揆《いっき》の側におったが、なぜ皮剥《かわは》ぎをやらされちょる村だけを特に狙《ねら》い撃《う》ちにしたんかは長いこと考えさせられることじゃった。一揆《いっき》が起こって偶然《ぐうぜん》何かでそうなったのじゃのうて、初めから皮《かわ》を扱う村を狙《ねら》うちゅうことが一揆《いっき》勢の主だった者の頭の中にはあったようじゃ、と考えるんじゃ。

それはこの村だけじゃのうて、同じ身内の山口でも東須恵《ひがしすえ》でもやられちょるけえな。これは誰かが糸を引かにゃあ出来んことじゃ。一揆《いっき》の後始末《あとしまつ》をどねえしたかを見てもそれは確かなようじゃ。一揆《いっき》を起こした者も、長年不正を働いてきた役人や村の組頭《くみがしら》もそれぞれに処罰《しょばつ》をされた。それも瀬戸内よりも萩辺《はぎあた》りの方が厳《きび》しかったようじゃ。ところが村を焼き打ちにして何十人も殺した者にお咎《とが》めは今に至《いた》るまでないようじゃ。考えようによっては、あの一揆《いっき》の最中に殿様祭りを執《と》り行なうのもおかしなことじゃし、途中から役人らが一揆《いっき》を抜け出た村々を回って米や金品《きんぴん》を渡すちゅうこともおかしなことじゃのう。村ごと焼いて、大勢《おおぜい》の人間を殺した者への厳《きび》しいお咎《とが》めがあってしかるべきじゃが、たった一人も責めを負わされてはおらんのじゃから」

今や恵春《けいしゅん》は、伊三《いぞう》やかねやふみに語りかけているようでもあり、自分自身に問いかけているようでもあった。それほど恵春《けいしゅん》は時には独り言のように話し続けていた。彼に言われてみて自分は親や兄弟を殺されたことでこのように言われなければ、はたして、ここまで考えられたであろうかと、恵春《けいしゅん》の話を聞きながら伊三《いぞう》は改めて自分の心の中に錘《おもり》をたれていた。恵春《けいしゅん》はふっと気付いたように、

「いやいやこりゃあわしとしたことが、迂闊《うかつ》なことを喋《しゃべ》ってしもうた」

とおどけて一口お茶を飲み、

「おまえらのお父《とう》やお母《かあ》への供養《くよう》じゃと思うて、聞き流してくれ」

そして話題を変えるように、

「伊三《いぞう》、前に読んどけちゅうて貸したあの触書《ふれが》き、どんなことがあっても読みこんどきんさいや。」

と言った。

かねはその場の話題を変えようとする恵春《けいしゅん》に乗るように、

「お住《じゅ》っさん、伊三《いぞう》さんはほんとに読み書きが出来るん」

と突然問いかけた。

「うん。そりゃあほんとじゃ。多い時には、十四、五人が手習いにきちょったが、本人を前において言うのもなんじゃが、伊三《いぞう》は皆よりもだいぶ遅れてきたんじゃが、みるみる追い抜いていったのう。なにせ頭一つは抜けちょった。今でもそう思うちょるんじゃが、ほどほどの読み書きすることでは、誰にも遅れをとらんじゃろう」

かねもふみも驚いた様子であったが、当の伊三《いぞう》は面映《おもはゆ》そうに、

「うんにゃ、なんぼもない」

と言った。この時突然、かねが思いあまったように、

「うちも本を読みたい」

とぽつんと言った。伊三《いぞう》は大きな声で、

「そりゃええ。読み書きができるちゅうことはええことじゃや。かねさんが習いに来てもええ

じゃろ、お住《じゅ》っさん」

隅《すみ》に控《ひか》えていたふみがその時になってやっと話に入った。

「うちは、おなごは読み書きよりもほかにすることがある思う」

とおずおずと言った。かねは、

「ふみさんは読み書きがしたいとは思わんの」

と問うた。ふみはそれに答えて、

「お母さんや回りのおなごしさんを見ちょると、そねえなことしちょる人一人もおらんよ」

と言った。恵春《けいしゅん》は、

「別におなごじゃから読み書きをせんでもええちゅうもんではないわな」

と言って続けた。

「人間は弱い。弱いもんじゃからどねえしても回りと同じにしがちじゃ。そいじゃけん、回りと違うたことをするのには余程《よほど》の勇気がいるように思う。わしが調べた限りでは、穢多《えた》という言葉が長州《ちょうしゅう》で使われ始めてまだ百年ちょっとじゃがい。その間には、百姓らの考えも悪う変わってきた。

初めの十年は穢多《えた》にされた人らに対して『お気の毒に』というところかな、五十年たちゃあ、『やっぱりそうじゃ』というところじゃな、百年もたちゃ、初めのことは雲散霧消《うんさんむしょう》してしもうて、ひどい結果だけが勝手に一人歩きを始めたちゅうことや。

つまるところ、百姓も町衆も違う世界に生きちょってな、なりも違《ちが》やあ仕事も違《ちご》うちょる。その結果だけが百姓らの目に残ることになるんじゃ。そこへ、牛を殺し皮を剥《は》ぐ、殺生《せっしょう》を犯《おか》すわで、穢多《えた》のもんはひどいことをしちょると映《うつ》るように仕向けたもんがおるんじゃ。ところが百姓らの心はそいつらのことを見抜けんけえ、わざとそう仕向けたもん、そっちへは向かわんもんなあ。ほんとのとこを見抜けんのじゃ。人間ちゅうもんは小そうて可哀想《かわいそう》なもんなんじゃ。ああ、わしとしたことがまたむきになってしもうた。

この話、ふみにはちょっと難しいかもしれんが、ただな、女は読み書きはせんもんと決めてかかるのはどういうもんじゃろかいな。大勢《おおぜい》という訳ではないが、昔から貴族《きぞく》や侍出《さむらいで》の女たちの中には、読み書きをようするもんはようけおったんじゃ。ふみやかねが一念発起《いちねんほっき》読み書きに精を出したからちゅうて一つもおかしなことはありゃあせんで、さっきも言うたように、流れがこうじゃからその流れに逆らえんちゅんじゃしょうもないじゃろ。穢多《えた》のもんがほんのちょっと人並みなことをしたから、どうじゃ言うんじゃ。」

恵春《けいしゅん》が話をやめたので、しばらく本堂には沈黙《ちんもく》が支配した。伊三《いぞう》には心地《ここち》よい時の流れに思えた。やおら恵春《けいしゅん》は語り継《つ》いだ。

「わしも畿内《きない》のさる小藩の家臣《かしん》に生まれ育った身じゃが、お家がお取り潰《つぶ》しにおうての。侍《さむらい》の家いうもんは、貧乏人の子だくさんで、ふた親は菩提寺《ぼだいじ》にわしを預けて京に出たんじゃな。六歳の時じゃった。それっきりでの。七、八年はそのお寺におったろうか。色々と修行もしたが、とどのつまり僧侶《そうりょ》にはなれんで、なる気ものうて寺を飛び出しての。侍《さむらい》の子ちゅうのが、どこまで行っても気持ちから離れんで、諸国をさまようちょったんじゃ。

若い頃は野心《やしん》もあった。そのために身を立てるための厳《きび》しい修行も積んだが、結局十年余り前にこの長州《ちょうしゅう》へ流れ着いての、この廃寺に居着いたのが、まあ、おまえらも知っちょる今のわしじゃ。長い年月の間には人の道に外れることもあったが、今は人に道を教える坊主の端《はし》くれじゃ。五十年余り生きて来て、やっと、人が人であるためには、己《おのれ》は何をせにゃならんのかを知り始めたというところじゃ。とどのつまり流れに逆らうことがあっても、それが人として生きるに値《あたい》することであれば、逆らうことも仕方がないことじゃと思う年になってきたんじゃ。いやあ、また説教《せっきょう》してしもうたのう」

恵春《けいしゅん》は笑って話を閉じた。伊三《いぞう》はもっと恵春和尚《けいしゅんおしょう》の話を聞きたいと思った。

「お住《じゅ》っさんもっと聞きたい。人が人であるためには己《おのれ》は何をせにゃあならんのか、それはどういうことなんか、もっと知りたい」

かねも目を輝かして言った。

「うちももっと知りたい。伊三《いぞう》さんが言ったように、うちらはどねえすりゃあええんか教えてつかあさい」

恵春《けいしゅん》は三人にゆっくり視線を移しながら、

「伊三《いぞう》もかねさんも、ほんとのところみなしごになったんじゃろう。あの夜大勢《おおぜい》が殺されておまえたちと同じような境遇《きょうぐう》に落とされたものもようけ出た。おまえたちと同じもんが、この村にもまだ幾《いく》たりかおるじゃろう、それをどこまで知っちょるかいのう。お互い手を取りおうてるかいのう。村から出ていったきり行方知れずになったもんもいるんど。幼くしてあの世に旅立ったもんも三人はいるでの」

と言った後、本堂から見える山あいをさして、

「あそこの墓地に葬《ほうむ》られちょるぞ。そういうことも知っちょかんとの。人が人であることちゃあ何かは難しいかもしれんが、まずそういうことを知っとくということを始めることじゃなあ。そうすりゃあ一つぐらいは、己《おのれ》というものが分かるのではないか。」

と言った。

その後は村の色々の話に花が咲き、最後には走り廻っていた与吉《よきち》が本堂から床下に転げ落ちて、皆がどっと笑って、座はお開きとなった。ふみの、

「手習いに来ますから」

というお願いの言葉を後に、四人が山門を出た時にはもう暮れ七ツを廻っていた。三人はそれ

ぞれ人が変わったような気分になっていた。

ふみの初潮《しょちょう》

まだ日も高いということで四十八瀬川の河原に出て、そこを巡《めぐ》ってから村に帰ろうということになった。与吉《よきち》が何より喜んだ。触れ出しが厳《きび》しい中で、小郡《おごおり》の村の大人も子供も村を一歩踏み出せば、どこに行けるか、どこまで行けるかをいつも頭で考えつつ行動しなければならなかったからだ。今日の日も例外ではなかった。気の向くままにどこへでも行くことが許されていなかったから、それだけに危険も伴うが、行ったことのない四十八瀬川の河原に出るということは、与吉《よきち》のみでなく他の三人にとっても興奮を覚える冒険行であった。

河原はすでに冬枯れの気配《けはい》の茶色っぽい葦《よし》が群棲《ぐんせい》していた。川の水もそう多くはなかった。川の流れが囲い込まれるようにあちこちにため池のような池ができていた。多種多様な水鳥が群れていた。河原を見下ろせる少し小高い所で一休みすることにして、伊三《いぞう》は地べたに腰を下ろした。葦《よし》をそよがせ川面を走る初冬の風は冷たかったが、伊三《いぞう》には心地よかった。かねは立ったまま辺りの風景にしきりに感嘆の声を上げていた。伊三《いぞう》に向かって、

「今日連れて来てもろうておおけに。お住《じゅ》っさんに会えたのも伊三《いぞう》さんのお陰じゃわ。今ま

であんまり回りのことを考えちょらんで、なんも見えちょらんかったことよう分かった。うちには忘れられれん日になりそう」

「わしも久しぶりにお住《じゅ》っさんにおうて、もういっぺん勉強を始めようちゅう気になったわ。何事もよう見て考えるようにな」

小枝を手に辺りを走り回っていた与吉《よきち》が、

「兄やん、あの首に青い線が走ちょる鳥は何ちゅう鳥じゃ、見たことないが」

「どれじゃ、あああれか。わしも見たことないけえわからん」

与吉《よきち》はまた葦《よし》の中へ走り去った。

「伊三《いぞう》さん、うちが読み書き習うんは女だてらで出過ぎたことになるんじゃろか」

「そねえいうもんもおるじゃろが気にせんと。最後は字を習いたいちゅう本人の心がけ一つとちがうじゃろか、わしはそう思う」

「おおけに。そねえ言うてもらえてうれしいわ」

かねの表情は爽《さわ》やかそのもののように冴《さ》えていた。そのかねは、河原についた頃から沈みがちなふみを気遣《きづか》っていた。少し離れた所にしゃがみこんでいるふみに近寄って、

「どねえしたん」

と尋ねていた。ふみは顔面蒼白《がんめんそうはく》で必死に耐えている風であった。素早《すばや》くふみを抱きかかえるよ

うにして、かねは一間ばかり離れた所で、川面を眺《なが》めている伊三《いぞう》に、

「伊三《いぞう》さん。ふみちゃんが少し具合が悪いみたい」

と言った。伊三《いぞう》が驚いて駆け寄ろうとしたとたん、

「来ちゃあいけん」

かねの凛《りん》とした声に伊三《いぞう》は一瞬、立ち止まった。次にかねの命令口調《くちょう》の言葉が飛んできた。

「ちいとの間離れちょって。こっち見んように」

何が何やら訳が分からないまま、かねの指図《さしず》通り伊三《いぞう》は河原の斜面を降りて行った。ふみの着物の裾《すそ》から形よく伸びている白い素足《すあし》に血が滴《した》っていた。ふみは震《ふる》え声で、

「おかねさんどねえしよう。血が…」

と言いつつ、言葉を飲みこんだ。この時のかねは優しかった。

「心配せんでええよ、うちもおとどしあって済んだことじゃから。おなか痛うない、大丈夫《だいじょうぶ》」

かねは二、三度顔を上下させてうなずいた。

「うちも血を見た時はびっくりしてん。その時にお母《かあ》が『かねも一人前の女になった』て言うてくれて、『一人前の女になった証《あか》し』じゃちゅうて、お祝いまでしてくれた。お父《とお》は『今日は何の日じゃ』て、お膳《ぜん》の上のごちそうを見て何やら聞いちょったけど、お母《かあ》がうまいこと言うてくれたみたい」

そう言って、てきぱきとふみの血の後始末をし、

「少し落ち着いてきたかなあ。顔色も戻ってきたよ。早う元気出して」

「おかねさん、うちどこも悪うないよねえ。大丈夫《だいじょうぶ》よね」

「そうじゃ、大丈夫《だいじょうぶ》じゃ。女子衆《おなごしゅう》じゃと誰でも月一回はあることじゃ、帰ったらきくおばさんにうちから言うちゃげる」

ふみはようやく立ち上がった。

「うちの時と一緒で、お母《かあ》はんもきっと喜んでくれるて、元気出しんさい」

その時、与吉《よきち》が駆《か》け登ってきて、葦《よし》の間から顔を出した。

「ふみ姉ちゃん、だんないか。かねさん、兄やんがもうええか聞いてって」

かねはふみの顔色をのぞき込んで、

「もうええか、大丈夫《じょだいじょうぶ》じゃな」

とかねはふみに念を押した。ふみはこっくりした。かねの澄《す》んだきれいな声が川面《かわも》に響いた。

「伊三《いぞう》さん、もうええよ。はよ帰ろう」

もう陽も落ちた中、村へ帰る道々、伊三《いぞう》はかねを見ないし、かねも伊三《いぞう》を見なかった。ふみはしきりにかねに話しかけていたが、かねも落ち着かないのか、上《うわ》の空の生返事《なまへんじ》だった。一人与吉《よきち》だけが前に行き、後ろに行きして三人の周りを駆《か》け回っていた。

それがなんとはなしに三人には救いでもあった。

ふみ、かねのそれぞれの恋心

あの日から、一つ屋根の下に住み、仲のよい兄妹でやってきた伊三《いぞう》とふみの間に、いつしか微妙な揺《ゆ》れが生まれてきていた。ふみは伊三《いぞう》に対して、他の誰に対するよりも気を配るようになっていたが、ふみ自身は自分がそのように変化してきたとは露《つゆ》ほども思っていないようであった。このことがあってからのいつの頃からか、ふみは伊三《いぞう》を「兄やん」とは呼ばなくなっていた。どうしてもの時には「あにさん」と言っていたが、それも滅多にはなく「あのう」というのがごくごく多くなっていた。伊三《いぞう》もなんとはなしに自分に対するふみの変化を感じ取っていた。

時は過ぎ、年は改まって天保《てんぽう》十四（一八四三）年となり、早や六月半ばとなっていた。昼間の陽差しの余熱が辺りにまだ漂《ただよ》っている夏の夕刻。屠場《とじょう》での一仕事を終えて、我家に帰り着いた久助《きゅうすけ》、きく夫婦と伊三《いぞう》は、久助《きゅうすけ》からさっそく行水《ぎょうずい》を使った。本当に何も知らぬ傍《そば》の連中に、毎日行水《ぎょうずい》を使って贅沢《ぜいたく》なことやと陰口《かげぐち》をたたかれながらも、彼ら屠場《とじょう》で働く男も女も、屠殺《とさつ》を終えれば何よりもまず、水を浴びた。血の匂いが身体にしみつく筈《はず》もなかったが、彼らはそうしてきた。あたかも血の匂《にお》いを消すためのように。仕事の後の水を浴びる習わしは、真冬の頃であっても血を洗い流す、血の匂いを消すという意味合いをもって続けられていた。

この折も久助《きゅうすけ》の行水《ぎょうずい》が終わり、伊三《いぞう》の番になり、まもなく行水《ぎょうずい》が終わる頃を見計らって、いつものようにきくは着替えを出してやり、ふみに「お兄ちゃんに持って行ってやり」と促した。が、ふみは母の声を聞こえていなかった風に夕餉《ゆうげ》の支度《したく》を途中にして、ふいっと外へ出て行った。「ふみ、ふみ」と二、三度母の甲高い声がしたが、それを背にしてふみは一層頑《かたく》なになっていた、何度かきくは「おやっ」と不審に思うこのような場に出会っている。伊三《いぞう》とふみはお互いに余計意識しあっている様子があった。きくは何も言わなかったが、男親の無頓着《むとんちゃく》とは違って、男と女との間の微妙な心の揺《ゆ》れる様をいち早く気付いていたであろう。

そんなことがあって、行水《ぎょうずい》の後の着替えを、きくはもうふみには「持っていってやりなさい」とは言わなくなっていた。

今一人、伊三《いぞう》に対するに、以前とは全く様子を異にしていた女にかねがいた。かねは誓願寺《せいがんじ》へ一緒に行った頃までは、全く屈託《くったく》がなかった。それがここにきて、屠場《とじょう》で言葉を交わす折りがあった時など、しっとりとした潤《うるお》いのある声で「伊三《いぞう》さん」と言った調子である。もう十七歳であり、その美しさに磨きがかかったとでもいうべきか。屠場《とじょう》内での彼女は際立っていた。彼女がいる所だけが華《はな》やいで見えた。当然男たちの視線はいつもかねにまとわりついていたし、彼女自身もそれを感じ取っている風であった。屠殺《とさつ》で長次《ちょうじ》と班を組み、もう一人前の仕事人となっていた二十四歳になる辰蔵《たつぞう》は、二十歳で世帯を持ち幼子二人の父親であったが、この少し軽薄《けいはく》気味のこの男は長次《ちょうじ》らと祇園《ぎおん》祭りに行った時からの未練か、かねには一方《ひとかた》ならぬ関心を寄せていた。

剥《は》いたばかりの生皮を板に張っているかねに、辰蔵《たつぞう》は近寄って言った。かねは、あからさまに無視する態度を取り、そばにいることさえ知らぬように二間ばかり離れた所で作業をしている育ての母のさわに呼びかけた。

「お母《かあ》、今晩、うち晩ご飯呼ばれに行っていい」

「なんでじゃ。来てもええけんど何かあったんか」

「ううん。何もないけど、ええじゃんか、たまにじゃし」

「そりぁええけんど、そねえごちそうはないで」

「そんなんええよ。いつもの通りで」

すぐ向こうで同じ作業をしているきくが話に入って来た。

「かねやん、なんじゃの急に、お母恋《かあこ》いしゅうなったんか」

「そうじゃいね、おばさん、わかる」

辺りの女たちがドッと笑った。辰蔵《たつぞう》はここぞとばかりに話に割《わ》って入った。

「おばはん、かねやんもう一丁前じゃ思うちょったけど、まだねんねなんじゃなあ」

きくはじろっと辰蔵《たつぞう》を見やって、

「辰蔵《たつぞう》はん、瑛切《えいぎり》もんにどやされるで。仕事中じゃろ、こんなとこに来て。何しちょるんじゃ、て」

辰蔵《たつぞう》はばつが悪そうに、

「ちょびっとかねやんに話あってなあ」

かねはぴしゃっと戸を閉ざすように、

「うちありゃあせんで」

と切り口上《こうじょう》で言った。後はいっさい口を聞かなかった。辰蔵《たつぞう》は取り付くしまがなく、きくにも他の女連中にも離され抑扮《よくふん》されまた屠場《とじょう》に戻って行った。姿が見えなくなってかねは、

「きくおばさん、うち困っちょるいね。この頃、時々なんじゃかじゃ言い訳しもって夜、家に来るんじゃ」

「辰蔵《たつぞう》がか」

「そうね」

「若い女の家に夜来るじゃなんて、何考えちょるんじゃ。そいで、かねやん中入れちょらんじゃろうな」

「そねえなこと当たり前じゃ、そいでの、困ってしもて、いとさんに言うちゃろうか、と思うたりしちょるいね」

きくは厳《きび》しい顔付きになり、

「それはやめちょき、辰とこの嫁も困るじゃろし回り回ってあんたもきまずうなるで」

そして患《わずら》え込むようにして、

「何もせんと放っちょき何とかなる。おばちゃんから長次《ちょうじ》さんにでもいっぺん言うてみるさかい」

「おおけに」

「そいでもなあ、かねやん、あんたももう年頃や、はようなんとかし。一人でおったらろくなことありゃせんで。なんやったら組頭《くみがしら》に頼んで、ええ人探してもうたろか」

かねは慌《あわ》てて、その話には乗らんで、

「おばちゃんいやじゃ、うちまだ十七じゃで。もうちょっとここの仕事さしてもらうつもりでおるのに。そんなんしたら仕事できへんじゃ」

「女は所帯《しょたい》を持って子供を作って、母親にならにゃ一人前じゃないんで。十七やったら早すぎもせんし遅くもない、ちょうどええ年頃やないか」

「ほんとにその気になったら、おじさんやおばちゃんに相談するけえ。今はそんなこと言わんといて」

きくは作業の手を止めて、回りに、

「中休《なかやす》みしょうか」と声を掛《か》けてかねを誘い、生皮が積み上げてある納屋《なや》の前に移って行った。その時、きくの口から初めて、

「無理して女が読み書きせんでもな、誓願寺《せいがんじ》へ行ってまで、そねえなことしちょったら世間からどねえ言われるか知らんで」

と聞いた。かねは笑いながら、

「おばちゃん大丈夫《だいじょうぶ》じゃって、ほんとに」

と言った。

伊三《いぞう》らの人としての目覚《めざ》め

伊三《いぞう》の仕事への熱の入れ方は尋常《じんじょう》ではなかった。十七歳となりすでに一人前の大人としての風貌《ふうぼう》さえ漂《ただよ》わせて、父の久助《きゅうすけ》を淋《さみ》しがらせるぐらい班を組んだ男や女を、自分の手足のごとく使いこなしていた。この仕事への関わり方と同じぐらい、伊三《いぞう》の規則だった誓願寺《せいがんじ》への訪《おと》ないと猛烈《もうれつ》な学習の明け暮れに、彼を取り巻く誰もが驚きの目で眺《なが》めていた。伊三《いぞう》は彼自身が気付

いていたことだが、とびきり美しくなったかねに、全く関心がなかった訳ではなかった。それどころか自分への接し方のそれとはなしの変化に朴念仁《ぼくねんじん》ではなかったから熱くなるものがあった。だが表面から見る限り仕事と誓願寺《せいがんじ》への日参《にっさん》に近い行いから「伊三《いぞう》の石部金吉《いしべきんきち》」とさえ噂《うわさ》されるほど彼は恵春《けいしゅん》住職の元へ三日に明けず通っていた。この頃の伊三《いぞう》の心の存念《ぞんねん》を知る者は恵春《けいしゅん》住職以外は誰一人いなかった。恵春《けいしゅん》から見せられていた、藩のお触れ書きを書き止めた四つ目綴《つづ》りの冊子《さっし》を擦《す》り切れるほど伊三《いぞう》は読み込んでいた。伊三《いぞう》は恵春《けいしゅん》の手助けを借りながら、そこに記《しる》されたことの全体をほぼ正確に読み取り、自分たち身内の衆に対して長州《ちょうしゅう》藩がたくらんでいる意図《いと》を正確に読み取っていた。伊三《いぞう》はこのままでは未来永劫《えいごう》、自分も自分につながる末裔《まつえい》たちも、人として解き放たれることはないと考えるようになっていた。牡牛《おうし》を殺し、皮《かわ》を剥《は》ぎきれいに腑分《ふわ》けしていく作業に全力を注《そそ》ぎながら、伊三《いぞう》はこの辛《つら》い仕事を自分たちは、いつまで強《し》いられるのかと考えるのであった。

そんな伊三《いぞう》の視野の中で、時にふみやかねの姿が遠のき小さな点となって映《うつ》ることがあった。また時には藩が自分たちを人として見ていないと感ずるところを恵春《けいしゅん》に激しく吐露《とろ》することもあったが、誓願寺《せいがんじ》の山門をくぐり村に向かう頃には、またいつもの物静かな風体《ふうてい》に戻っているといったことが多かった。が、今日の伊三《いぞう》は山門をくぐって帰路についても、村への途次、彼の頭の中の存念《ぞんねん》は渦となって駆け巡っていた。つい先ほど本堂で向かい合い恵春《けいしゅん》から聞かされたあの話が頭の芯《しん》にこびりついていたからだ。

本堂で一対一で向き合っていたその時の恵春《けいしゅん》は、事改たまったという様子でいつもより固《かた》い調子で話し始めた。

「寛保《かんぽう》三（一七四三）年やから、ざっと今から百年前かな。これは勿論《もちろん》わしが直接見聞きしたことではないがのう、確かなことに違いないのは『お仕置《しお》き調書《しらべ》』というものが、わしの目に触れる機会があってのう。忘れられんこととして、頭の隅《すみ》に残っていたことじゃ。向島宰判《さいはん》のわしらの身内の衆で儀十《ぎじゅう》という者が、往来《おうらい》ですれ違った町民に平然と片手を挙げて挨拶《あいさつ》したことで、何人かの町民らに寄ってたかって、打ちすえられるということがあって、その儀《ぎ》十《じゅう》は牢屋《ろうや》送りになったちゅうことが、書き留《と》めてあったんじゃ」

「なんでそねえなことで殴《なぐ》られるわ牢屋《ろうや》に入れられにゃあいけんのですか」

「さて、そこじゃ。その頃からわしら身内の衆には、長州藩《ちょうしゅう》の厳《きび》しいきまりがあってのう。もしも平民と道で行き会うたならば、わしら身内の衆は二間ほど離れ、平民が通り過ぎるまで道端に膝《ひざ》まづいておらんといけんことになっちょるんじゃ。なんとも口惜しいことじゃが、この折り儀十《ぎじゅう》は敢《あ》えて片手を挙げて通り過ぎたんじゃなあ。剛毅《ごうき》な奴だと思うが、儀十《ぎじゅう》の心根を思えば、俺も人間じゃという思いがあったのでなかろうか」

と恵春《けいしゅん》が言い、伊三《いぞう》は、

「そのお方がわしも人間じゃと思うたことが、いけんちゅうことですか。それで牢屋《ろうや》送りになったちゅうことですか」

「そうじゃ、こういう話はまだあるんじゃ。これも同じ書面に書き残されちょったことじゃが、前の事件から三年ばかり後の延享《えんきょう》三（一七四六）年に起こったことでのう、都濃《つの》の身内の衆で佐助《さすけ》ちゅう者が、平民に紛《まぎ》れ込んで、新城下で蝋《ろう》の仲買《なかがい》をやっちょった。羽振《はぶ》りも相当ようなって成功したんじゃろうな。

佐助《さすけ》はその上、平民を妻として子供も二人もうけて、そこそこの暮らしを営《いとな》んじょった。が、妬《ねた》まれたんじゃろう、たれ込みがあったんじゃな。藩は佐助《さすけ》を捕まえるのに事欠いて、盗みを働いたという濡《ぬ》れ衣《ぎぬ》を着せて取り押さえちょるんじゃ。その上で牢屋《ろうや》送りにされたんじゃな。そこで散々な拷問《ごうもん》にあったんじゃ。とうとうもともとの出がわしらと同じ身内の衆であることが明らかになったわけじゃ。なんとも酷《ひど》い話じゃ。この他にも同様の穢多《えた》が穢多《えた》でない振る舞いをしたということで、咎《とが》めを受けることが相次《あいつ》いで起こったんじゃ。これらのことからお上《かみ》の本当の狙《ねら》いは、お上《かみ》にとっての世の中の仕組みをぶち壊す穢多《えた》の振る舞いを、どんなことがあっても許さんということじゃ。それが平民への紛《まぎ》れ込みを絶対に許さんということにもなっちょるんじゃ。身分を弁《わきま》えず不届き千万と書いてあったが、何が汝外《らちがい》な罪《つみ》じゃとわしには思うんじゃ」

伊三《いぞう》は憤懣《ふんまん》やる方ないといった表情で、

「お住《じゅ》っさん、わしらが人らしく生きるのはお上《かみ》にはそれほど憎《にく》たらしいんかいのう」

恵春《けいしゅん》は沈んだ、しかし落ち着いた声で言った。

「お上《かみ》というもんは化けもんみたいなもんでなあ。わしらの身内の衆の誰それをお上《かみ》の誰それが憎《にく》むとか咎《とが》めるということではないんじゃないか」

伊三《いぞう》は解《げ》しかねて、

「どういうことですか」

恵春《けいしゅん》は噛んで含《か》めるように、

「藩にとってはじゃ、侍《さむらい》が天下を取る今の仕組みが壊れるんが困るんじゃやって、わしらの身内の衆が穢多《えた》らしく振る舞ってくれてさえいればええんじゃ。その枠《わく》を越えられると或いは壊されると、今の枠《わく》組みが、台無しになるんじゃなあ。世の中の仕組みが、壊されるということじゃ。で、藩の誰それということではなしに、そう大きく言うたら、遠い先の見通しでなあ、侍《さむらい》が侍でおられんような世の中になることを恐れちょるということじゃないやろか」

「ほならわしらが、おとなしゅうに辛抱《しんぼう》しちょったらええということですかいのう」

と伊三《いぞう》は言い、恵春《けいしゅん》は続けて、

「少なくとも藩の意向《いこう》はな。そこへもってきてこの頃では、町人や百姓までもがそう思ちょるやろう。情けないのはわしらの身内の衆の中に、それを認めてはおらんじゃろうが、諦《あきら》めてしもうてそんな流れを受け入れるもんが、大勢《おおぜい》出てきたこっちゃなあ。さっきも言うたように、あの牢屋《ろうや》入りの話は、わしら身内の衆の中で、志《こころざし》を持つ者を挫《くじ》くのには格好の見せしめということができるじゃろうのう」

「お住《じゅ》っさんはこの先わしらが、どうしたらええと思うちょりますか」

と伊三《いぞう》が心もとなさそうに聞いた瞬間の、この時の恵春《けいしゅん》の鋭いまなざしは後々になっても恐いと伊三《いぞう》は思ったものだ。

「伊三《いぞう》、何を情けないことを聞くのじゃ。それはお前が己《おのれ》の心に聞けばよいことで、たとえわしがこうこうじゃと訳を話しても、所詮《しょせん》それは他人事じゃろうが。それを聞いて何とする。答えはお前の胸の中にあるし、そのために書物を読むことを習うてきたんと違うのか、どうじゃ伊三《いぞう》」

と鋭く言い放った。返事に窮《きゅう》した伊三《いぞう》は突然あふれそうになった涙をこらえるのに天井を仰《あお》いだ。そんな伊三《いぞう》に、なお恵春《けいしゅん》は厳《きび》しい言葉を続けた。

「これからもわしら身内の衆がもっと苦しむ時代が来ると思う。その時に、一人でもわしらの身内の中から己《おのれ》の置かれている立場をよく知って、知った上でそこから抜け出すことを考える、そういう人間が、出てこんといけんのじゃないか。それも一人で抜け出すんじゃないでな。

みんな一緒でな。それにはよほど心がしっかりしちょる賢《かしこ》い奴でないと話にはならんで。わしはお前にそれを望んでいるんじゃ。誰でもできるほど、やわなことではないでのう。伊三《いぞう》は己《おのれ》自身のことを認めるのに、他人様のわしもその中に入れてもらってもええんじゃが、その言うことに耳は貸すが心までは貸さんじゃろ。貸したらいけんのじゃ。そうあって欲しいんじゃ。しっかりせにゃなあ。わしの言うちょることが、お前に分かればありがたいんじゃが」

と恵春《けいしゅん》が言葉を結んだ。伊三《いぞう》は真剣な顔で、

「今、お住《じゅ》っさんからお聞かせいただいたお話、私もよう考えてみます。私のために聞かせてもろうた話じゃから、ほんとにじっくり考えてみます」

そんな問答《もんどう》の末に帰る道々、伊三《いぞう》は深く考え込んでいた。恵春《けいしゅん》から借りていた時には、夜通し読み通すこともあった「論語《ろんご》」の次の一節についての恵春《けいしゅん》との問答も、突然伊三《いぞう》の脳裏《のうり》に鮮明に浮かんで来ていた。

「先生がそう言われるのじゃから、仁《じん》とはそういうもんじゃと思うのですが、わしらは穢多《えた》として蔑《さげす》まれ苛《いじ》められる謂《いわ》れはない。ほじゃからわしらをこういう目に遭《あ》わせた者らへの憎しみや恨みは後を絶つことはないと思うちょります。先生は論語《ろんご》をよう読んで学べとおっしゃるが、今のわしは読めば読むほど、そこに書かれていることが本当ならば、わしが平常考えちょることは大きな間違いと違うかと思うてしまうんですよ。……読めば読むほど訳が分からなく

なってしまうんです」

恵春《けいしゅん》は慈《いつく》しむような眼差《まなざ》しで伊三《いぞう》を見ていた。

「どういう所がわからんというのじゃ。わしはお前より年を取っている分、経験が多いじゃろうから、お前がわからんちゅうてる所を少しは解《と》き明かせるやもしれん、もうちっと詳しゅう言うてみない」

伊三《いぞう》は居ずまいを正して、

「ほんならね、顔淵《がんえん》の章で顔淵《がんえん》が子《し》に問うて『其ノ目《もく》ヲ請《こ》ヒ問フ』と。それに応えて、『禮《れい》ニ非《あら》ザレバ視《み》ルコト勿《なか》レ、禮《れい》ニ非《あら》ザレバ聴《き》クコト勿《なか》レ、禮《れい》ニ非《あら》ザレバ言フコト勿《なか》レ、禮《れい》ニ非《あら》ザレバ動クコト勿《なか》レ』と答えておられる、顔淵《がんえん》は『回、不敏ナリト雖《いえど》モ、請《こ》フ斯《こ》ノ語ヲ事トセン』と言い、子《し》の教えを守ろうとされていますが、なんぼこちらが顔淵《がんえん》が言うように、子《し》の教えを守っちょっても、相手がよこしまで人の道に外れたことをしちょる輩《やから》じゃのに、そねえなことをして何の値打ちがあるんですか」

「伊三《いぞう》、お前はまず読みというよりか、中身の読み取りを間違うとりはせんか。お前は、『斯《こ》ノ語』の指すところを、『禮《れい》ニ非《あら》ザレバ視ルコト勿《なか》レ』から『禮《れい》ニ非《あら》ザレバ動クコト勿《なか》レ』を指しているもんと受け止めちょるようじゃが、そこは、冒頭の『己《おのれ》ニ克《か》チテ禮《れい》ニ復《かえ》ル』ではないのか。そねえなことで間違えばほんとに学んだことにはならんど。よう注意することじゃ。

そこでじゃ、ここで孔子《こうし》が言うてる己《おのれ》の私欲に打ち勝って、人間の営みの根本である礼に立ち返ることが、仁であるということをよく知ればよいし、ここでの『礼』を狭くとらえるんじゃなく、それはこの世の人間のあり方を示す、きまりや法則と取ってよいんじゃ。私欲とか小さな自我を取り去って、『礼』に立ち返るというのは、人間本来の生き方をするということでな。ましてて自分を縛《しば》ることではないんじゃで。勇気を持って一歩でも前に出て生きるということであれば、それは己《おのれ》も己《おのれ》を取り巻く全ての者に、仁を行き渡らせるということでもあるんじゃな、とわしは受けとめておる。」

伊三《いぞう》は恵春《けいしゅん》ほどに考え及《およ》ばなかった自分の未熟さを知り、そして猛烈《もうれつ》に本当のところをもっと知りたいものだと思った。

とつおいつ考え込みながら、伊三《いぞう》が我が家に帰りついた頃は、辺《あた》りにはもう夜の帷《とばり》がおり暗くなっていた。

夏草を褥《しとね》として

「伊三《いぞう》さん……伊三《いぞう》さん……」

と呼ぶ秘《ひ》そやかな女の声がした。

風さえもが生温《なまあたた》かい夏の夕暮れも、ようやく辺《あた》りが夜の気配《けはい》に包まれ始めた頃とて、薄暗がりの中に浮かび出るように、かねが間近に立っていた。藍染《あいぞ》めの浴衣《ゆかた》に赤い帯が引き締まった彼女の姿をしなやかに際立てていた。

宵《よい》の暗がりに包まれた美しい女と吐息が感じられるほどの距離に、自分がいることに、正直伊三《いぞう》は驚いていた。かねは言い淀《よど》みながら、

「伊三《いぞう》さん、相談したいことが…」

と言った。

「わしも今帰ったとこじゃから、それじゃうちへ入って」

と促《うなが》したが、かねはそれは頑《がん》として聞かないという風に、

「外がいい」

と言った。伊三《いぞう》は俄《にわか》に空腹を覚えたこともあって、困ったなと思ったが、かねの強い眼差《まなざ》しと必死さを感じ取って、くるりと身体をひねってさっき歩いてきた道を、村の外に出るために歩き始めた。かねは自然な動きで伊三《いぞう》の右側にすっと並んで歩き始めた。月の光で道は白く見えていた。

「川原に行くか」

伊三《いぞう》の野太い声にかねは可愛らしく「はい」と応えた。四十八瀬川原に着くまでの道々、か

ねは辰蔵《たつぞう》にまとわりつかれて困っている、今夜とて辰蔵《たつぞう》が不意に戸口を叩《たた》いたので、話があるのなら仕事場でと言い、板戸越しにしつこく話しかけるのをやっと蹴《け》ってきたんだと、低い声だがあの祇園《ぎおん》祭りに出掛けたおり、伊三《いぞう》がきれいだなと思った声で語り継いだ。話の合間に伊三《いぞう》の顔をのぞき見て、相槌《あいづち》を乞《こ》う仕草《しぐさ》さえした。夏の夜がかもす悩ましい雰囲気《ふんいき》が女を大胆《だいたん》にさせているようであった。それでなくても並んで歩き始めて、時折かねの身体が伊三《いぞう》に触れることがあり、その度に伊三《いぞう》の若い男の身体はかっと熱くなり放しであった。伊三《いぞう》にはかねが故意《こい》に自分の身体を寄せてきているなどとは、考えも及《およ》ばなかったし、かねも自身が計算しての行為ではなかったようだが、夜の気配《けはい》の中で男と二人きりになった女の自然な媚《こび》が男を誘っていた。しかし彼女自身はそのことには気付いていないようであった。

辺りを静かに飛び交《か》う蛍《ほたる》が繁《しげ》くなったのは、川原の葦《よし》の中に入ったからだ。六月には珍しく晴れ間が続いたからか、雲に覆《おお》われることのない月の光に照らされて、川面はきらきらと光の波を見せていた。少し息苦しくなっていた伊三《いぞう》は、川原に生い茂る丈《たけ》の高い葦《よし》の間をくぐり抜けて、水辺にたどり着く間、むせかえる夏草の匂いに参《まい》っていた。

パシャッと魚がはねる音で、かねは思わず伊三《いぞう》の右腕にすがりついた。生まれて初めてかねの生温《なまあたた》かい女の身体を伊三《いぞう》は感じていたし、怖いと思って伊三《いぞう》にすがりついて、少ししてかねも生まれて初めて男に身を寄せていることを知ったが、すがりついたそのままで、かねは一層《いっそう》ぎゅっと伊三《いぞう》の腕を抱え込んだ。伊三《いぞう》は全身がかっと燃えていちどきに汗が噴《ふ》き出していた。

辺りは時折水面に魚がはね上げる音の他は、こおろぎの鳴く声と、時折吹く風にざわめいて葦《よし》が擦《す》れ合う音のほかは、伊三《いぞう》にはかねの少しせわしい息遣《いきづか》いであり、かねには伊三《いぞう》の激しい息遣《いきづか》いが聞こえるだけであった。伊三《いぞう》は思い切って声を出した。

「その辺りに座って話そうか」

かねははっきりとした声で「はい」と言い、伊三《いぞう》の腕を離すまいとするように、二人は川原の砂地に腰を落とした。伊三《いぞう》は初めから計画したのではなかったが、そこはちょうど四十八瀬川の本流から分かれた支流が、自然のなせるわざで、貯水池のようになっていて、三方をぐるりと丈《たけ》の低い松と葦《よし》でもって囲い込まれるようになっている所であった。よほどの注意を払わない限り、川原の砂地に座っている伊三《いぞう》とかねを見つけるのは、難しいだろうと思われる場所であった。

今夜のかねの相談事である辰蔵《たつぞう》の件をどうするかでは、これ以上辰蔵《うえたつぞう》の振る舞いが度を過ぎるようであれば、かねが直々に組頭《くみがしら》に言うしかないというところで、もう話は終わっていた。話はもう終わっていたのだが、若い二人はどちらからともなく、そこに居続けるためにか次々と話をつないでいた。

「伊三《いぞう》さんは今日も誓願寺《せいがんじ》へ」

「ああ、仕事を済ませてからな」

「今日はお住《じゅ》っさんとどねえな話をしてきたん」

声までが甘えた調子になっていた。伊三《いぞう》は身体の中からふつふつとたぎるものがあったところへ、かねの優しい問いかけに、昼間恵春《けいしゅん》から聞かされた儀十《ぎじゅう》と佐助《さすけ》にまつわる話を一気に語って聞かせた。同じ身内の二人の男の身体を張った抗《あらが》いを我がことのように感じたそのままを語るものだから、伊三《いぞう》が激しく怒っている様をかねは直《じか》に感じ取っていたし、伊三《いぞう》の身の上と自分のそれを重ね合わせて、夜の暗い空間に向かって吠《ほ》えているようにも見える伊三《いぞう》の心を思って、彼女の情感は堰《せき》を切ってほとばしった。

涙をあふれさせた顔で伊三《いぞう》の顔をのぞき込み、大きく頷《うなず》き伊三《いぞう》の右手を両手で力いっぱい握り締めて激しく揺《ゆ》すった。それはうちも同意や同感やということを身体で示していた。百万遍《ひゃくまんべん》の言葉よりも伊三《いぞう》を力づけるものであった。二人の間の緊迫《きんぱく》した情感に、一瞬の間を作るかのように川魚がはね、パシャツと激しい水音がし、静まりかえった辺りのしじまを破った。

かねはその音に釣られるかのように立ち上がり、帯を解き、浴衣《ゆかた》を脱ぎ捨てると目の前の水辺に一散に走りだし、月の光にきらめく静かな水面を切り裂《さ》いて、ざぶっと水の中に飛び込んだ。一呼吸して水から顔を出し、大きく息を吹いた、その音は笛のように鳴った。呆気《あっけ》に取られてまだ水辺に腰を下ろしたままの伊三《いぞう》をかねは誘った。

「伊三《いぞう》さん、ひんやりして気持ちええよ。早よおいでよ…」

と言い、彼女はすっくと水辺に立ち上がった。

濡《ぬ》れた彼女の白い肢体《したい》は月の光によって光り輝いているかのように伊三《いぞう》の目には映《うつ》った。両腕を少し開き気味にして濡《ぬ》れた髪を背の方に払いながら、かねはなおも伊三《いぞう》を誘って呼びかけた。

「伊三《いぞう》さん、汗流そう。ほんとに気持ちええよ。早う…」

その裸体《らたい》には余計な贅肉《ぜいにく》はついてなくて小さめの形のいい椀《わん》のような乳房がつんと突き出ていた。彼女がこちらに近づいてきそうな気配《けはい》に伊三《いぞう》は気圧され、彼女の言葉に反射的に応じ、パッと着物を脱ぎ捨てて水辺のかねに向かって突進していった。きゃっと嬌声《きょうせい》を上げて水の中にしゃがみこもうとしたかねを、その大きな両の腕で抱き締めた。横抱きにされて二人は浅い水辺にそのまま倒《たお》れ込んで、かねは少し水を飲んだ。伊三《いぞう》の高ぶった感覚は生温かく弾《はじ》けるような女の身体を両の手と胸に感じていた。美しい若いかねの裸身を抱き締めて、若い伊三《いぞう》の四肢《しし》は緊迫《きんぱく》の極《きわみ》にあった。いまや月の光の中で水浴びする二人に言葉などは必要でなかった。かねは伊三《いぞう》に全身を任せきった安心からか、生来の奔放《ほんぽう》さを発揮して、伊三《いぞう》の腕を振りほどくと、少し離れていき、振り向きざま両の手で思いっきり伊三《いぞう》に水をかけた。伊三《いぞう》は幼子のように水辺に戯《たわむ》れるかねを、こよなく可憐《かれん》で美しいと思った。自分もかねに水をかけながら近寄って行き、かねを抱きすくめた。かねは甘え声を出し全身を伊三《いぞう》にゆだねた。伊三《いぞう》はかねの濡《ぬ》れた髪の毛を後ろ手にすきながら、かねの小さな唇に口を寄せて吸った。かねは目を閉じ、ひしっと伊三《いぞう》にすがりついていた。やがて伊三《いぞう》はかねを抱き上げ、砂地を越えて歩いて行き、あたかもこわれものを扱う時のようにそっと夏草の上にかねを横たえた。

身体は冷んやりとしていたが、伊三《いぞう》は燃えていたし、かねも同様であった。優しく伊三《いぞう》は「痛いか」と問うた。かねは顔を二、三度振って応えた。伊三《いぞう》は右の腕をかねの張り詰めた細い腰の下にくぐらせ、静かにかねの上に身体を重ねていった。夜風が時折夏草をそよがせる音と、蛍が光芒《こうぼう》を残して乱舞する中、かねのくぐもった言葉にならない可愛い吐息が、夜のしじまの中を遠くまで響いていった。夜は一層《いっそう》更けていくようであった。

逢瀬《おうせ》を重ねる二人

夏の間、何かと口実を作っては、伊三《いぞう》はかねと四十八瀬川のほとりで逢瀬《おうせ》を重ねた。それも決まって夜であった。屠場《とじょう》での二人は全く他から気取られぬように振る舞った。とりわけかねの変身ぶりは側から見ている伊三《いぞう》には驚嘆《きょうたん》する体《てい》のものであった。男たちが返り血を浴びつつも、見事に牡牛《おうし》をさばいた後の生皮を、女たちは血糊《ちのり》ひとつ残さず洗《あら》い清《きよ》め、後鞣《あとなめ》しを丁寧《ていねい》に行った。これらの作業は他で見るほど楽な作業である筈《はず》がなく、それだけに女たちは研《と》ぎ澄まされた神経を時には弛緩《しかん》させ、誰かが誘って笑いの中にみんなを連れて行こうとする時、みんなも承知の上で哄笑《こうしょう》の渦の中に巻き込まれて行った。そしてその時も必ず目と手と足は決して仕事をおろそかにせず、緊張《きんちょう》した中であくまで敏速《びんそく》にしなやかに動かせていた。

そんな仲間の女たちの頭領《とうりょう》には、いつのまにかさわがなっており、その次にこの村生《は》え抜きだというのが口癖《くちぐせ》の三十を越えたばかりのおこまが笑いを起こす誘い手の役になっていた。

九月に入って納期《のうき》が迫り、屠場《とじょう》全体はこっとい皮を生産するのに追われていた。おこまの出番はいやおうなく多くなっていた。今日も今日とて、おこまの手引きでなめし作業につく女たちの話題はそれからそれへと広がって行き、時に女たちが笑いころげるという場面が再三であった。

「おかねちゃん、この頃辰蔵《たつぞう》はん、夜来るけえ」

とのおこまの声に、かねはそらきたと油断《ゆだん》なく構えたが、声はあくまで軽く、

「いいや、この頃はさっぱり。寒うなってきたからじゃろか、くりゃあせんで」

と答えた。

「おかねちゃん、男にとって女のことはなあ、寒いも暑いもあるかいな。惚《ほ》れた女に百夜も通《かよ》やそんな主《ぬし》さんの心は可愛いて…わしら三日でもええわ、通《かよ》うてくれたら温めちゃるんのに

なあ…」

と回りに問いかけ、女たちは笑いころげた。きくがぼそっと、

「おこまはん、まだ十七、八の独り身の娘をからかうんじゃないで」

と言った時には、きくの貫録《かんろく》に押されてか、さすがのおこまも押し黙った。

そうこうするところに噂の辰蔵《たつぞう》が作業場に姿を表したものだから、ひとしきり女たちが笑いころげた。辰蔵《たつぞう》は一向にこたえる風はなく、むしろ自分が話の中に入っていることに得たりといった風で、かねの近くに寄っていった。

「ほんこの間見たばっかしじゃが、また、えろうべっぴんになってからに、かねやん、なんか、ええことでもあったんけえ」

と問うた。伊三《いぞう》との秘《ひ》め事があってからの彼女の五感は警戒《けいかい》からか研《と》ぎ澄まされていた。かねはいつものように自然と振る舞い、

「なあもないよ」

と素《そ》っ気《け》なく返し、仕事に熱中した。おこまが話を広げようとしてか、

「そねえ言われたら辰蔵《たつぞう》はんのいう通りおかねちゃん、この頃ほんまにきれいになっちょるわ」

としげしげかねを見つめた。かねは内心舌打ちをし、しょうもないことを言うてからに…と

思ったが、素知《そし》らぬ体を決めた。きくからの助け舟《ぶね》がまたその時、放たれた。

「どこの娘はんも年頃になったらきれいになるもんじゃ。おこまはんかてそんな時あったじゃろに」

「わしにもあったかいな」

のおこまの声で、どっと女たちの笑いが屠場《とじょう》を覆《おお》った。辰蔵《たつぞう》もお追従笑いをしていたが、居場所がないのか早々に退散《たいさん》していった。

やがて女たちは仕事を終えて、こもごも家路につき始めた。そんな時きくがかねを呼んだ。長屋《ながや》への道を取らずに、反対の方角をとる道を、きくは歩き始めた。拒《こば》むのを許さない、そんな固《かた》い背に見えた。

「おばさん話て、何」

努めて明るい調子でかねは聞いた。

「さっきのおこまはんじゃないが、急にきれいになったじゃないの」

「いやじゃわ、おばさんまで」

並んで歩き始めてすぐに、

「おかねはん、辰蔵《たつぞう》がつきまとっちょるみたいじゃが、だんないのか。この頃うちの伊三《いぞう》も誓願寺《せいがんじ》へよう行くようになったんじゃが、おかねはんも行っちょるな。伊三《いぞう》はどねえな様子じゃ。帰りもいつも一緒みたいじゃし。気ついたことあったら言うてんか」

きくの矢継《やつ》ぎ早の問いかけにかねは、腹を決めたかのように、

「辰蔵《たつぞう》はんのことは、ええんじゃ。これ以上つきまとうんじゃったらうちかて考えあるし、心配せんといて」

一呼吸おいて、かねは強い調子で言った。

「伊三《いぞう》さんには色々と教えてもうちょります。手習いの方、お住《じゅ》っさんのとこへようけ行っちょるけえ、尋ねたいことあっても、順番回ってこん時もあんのん。伊三《いぞう》さんがお住《じゅ》っさんの代わりをしてくれちょるみたいで心丈夫やわ。何でもきっちり教えてくれるん。帰り道でもようけ聞いちょるんで」

そこまで言って、探《さぐ》りを入れるように、

「伊三《いぞう》さんうちのことで何か」

きくは鷹揚《おうよう》として、

「いいや、ほんじゃったらええんじゃ。女だてらに読み書きをして何しちょるんやとか、女一人で何しちょるかわからんとか、ちょくちょく耳に入ってくるで気いつけときや。伊三《いぞう》は何も言わん子でな」

ふっと立ち上がって、きくはかねに向き直り、

「今日の話、おさわさんも承知のことでな、心配してのことじゃで」

一瞬間であったが、かねは顔をそむけなかった。

「ほなら帰ろか。」

と優しく呼びかけて、きくはまた来た道を引き返し始めた。もう陽《ひ》も落ちて辺りに薄闇《うすやみ》が迫ってきていた。

「わしももう年じゃし、きつい仕事やよって、ふみに後任さそかと思うちょるんや。あの子ももうそろそろ一人前になってもらわにゃならんしな。仕事のことでは、よう教えちゃってや、かね」

この呼びかけにはさすがのかねも緊張《きんちょう》し、固《かた》くなって「はい」と返事をした。この日の宵《よい》のきくの言葉ほど、かねを追いつめたものはなかった。きくから引導《いんどう》を渡される予告と、かねは受け止めていた。

きくとの対話から二、三日して、誓願寺《せいがんじ》の帰り、河原に伊三《いぞう》を誘いひとしきりの愛撫《あいぶ》の後、かねは伊三《いぞう》の胸に顔を埋めながら聞いた。

「お母さん、うちのこと何か言うちょった」

伊三《いぞう》は両腕を頭の後ろに組んだまま空を見上げていたが、そのままの姿勢で、

「何も聞いちょらんぞ。何でじゃ」

と答えて、腕を解いて、かねの顔を優しく持ち上げて顔をのぞき見ながら静かに聞いた。

「何かあったんか」

かねはこの間のきくとの様子を、自分の感じたままを、伊三《いぞう》に話した。

「そうか」

と言ったきり、後は押し黙ったままであった。かねもそれ以上は何も言わず伊三《いぞう》に強くしがみついた。この時の二人には、この先二人がどうなるのかおおよその予測《よそく》ができていたからこそ、二人はきくの話について、それ以上話し合わなかった。

男と女の結び付きは、年頃になれば親がお互いに話を通じ、了解《りょうかい》が得られれば、組頭《くみがしら》に申し出て承諾《しょうだく》を取り、組頭《くみがしら》の差配《さはい》で縁組《えんぐみ》のまとめが進められて行くのが、この村のきまりであった。それには誰も違背《いはい》できない仕組みができあがっていた。もしもそれを破れば、死を意味することと同じであるが、この村の中からはじき出されることを意味していた。伊三《いぞう》もかねも知り過ぎるほど、そのことはよく承知していた。

伊三《いぞう》がぼそっと言った。

「これから先、どねえなことがあっても、俺はお前がええ」

かねは初め手を、そしてやがて大きく身体を震わせて、伊三《いぞう》に抱きつき思い切り泣いた。その間何も言わなかった。この日から二人の逢瀬《おうせ》はどちらからともなく、細心の注意を払う形に変わっていった。

伊三《いぞう》とふみの婚礼《こんれい》

暮れも押し詰まった、弘化元《こうか》（一八四四）年の晦日《みそか》の吉日、伊三《いぞう》とふみの婚礼《こんれい》が行われた。伊三《いぞう》十八歳、ふみ十六歳となっていた。

その夜から三日間久助《きゅうすけ》の家では村の住人全部を呼んでの婚礼《こんれい》の宴《うたげ》が催された。普通はこの岐波《しば》村の慣例として、婿《むこ》の側で宴のための料理を大皿十数枚に盛り、それを両手で捧《ささ》げ持った男女が連なって、村中を練《ね》り歩き、嫁の側では通路に面した障子《しょうじ》を開け放ち、婿《むこ》側から贈られてきた新世帯のための道具類を飾り立てるのが習わしであった。箪笥《たんす》、長持ちはわざわざ中を開けて、春夏秋冬に着る着物の類《たぐい》をえもん掛けに掛けて見せるのであった。村の者はことに女たちは祝儀《しゅうぎ》を持参したかたわら、それらの品々を値踏《ねぶ》みし、ひとしきり婿《むこ》・嫁に絡《から》むそれぞれの実家の裏表にわたる話の花を咲かせるのが常であった。

この岐波《しば》村だけでなく長州《ちょうしゅう》藩内の皮革《ひかく》を専業とする村々では、百姓町人たちの間で取り行われている五人組制度とは違って、屠場《とじょう》での仕事仲間がそのまま生活の場でも五人組同様の働きを担《にな》って動いていた。だから久助《きゅうすけ》の班に属する屠場《とじょう》の老若男女《ろうにゃくなんにょ》十二名の者は、このたびの婚《こん》儀《ぎ》の世話一切《いっさい》を取り仕切っていた。

人と人との堅い繋《つな》がりをもって、この厳《きび》しい世を生き抜いて行く術《すべ》としていた村の人々は、自分が属する組・班の中の一人に起こった冠婚葬祭《かんこんそうさい》の類《たぐい》の折りには、祭儀《さいぎ》の準備、執行から周囲への挨拶《あいさつ》、宴席の準備、炊《た》き出し等、多事にわたるあらゆることを、ことにその内の女たちは、それをすることが当たり前のこととして立ち働いていた。

ただ、今日の伊三《いぞう》とふみの婚礼《こんれい》は、この村始まって以来の今までの仕来《しきた》りを揺《ゆ》さぶる珍事ではあった。血は繋《つな》がっていないとは言え、幼少の頃より兄妹として育って来た者の婚儀《こんぎ》であっただけに、今まで見慣れた婚礼《こんれい》の儀式《ぎしき》とは少し様変わりの様子を見せていた。それだけに、伊三《いぞう》とふみの婚儀《こんぎ》が行われることを知ってからのこの三ヶ月余り、村のあちこち屠場《とじょう》での作業の合間合間に、村の男や女たちに恰好《かっこう》の話の種を与えていたことになる。

婚礼《こんれい》を明日に控《ひか》えたおさわの家が、宴の料理を炊き出す場になり、そこでも村の女たちはせわしく立ち働きながら、伊三《いぞう》とふみの結び付きについてあれこれと噂し合っていた。ただおめでたいということが皆の頭の中にあったのか、忙しげに立ち働く女たちの中で、ただ一人料理作りに手を動かすかね以外の誰もが、この婚儀《こんぎ》の噂にそれも楽しげに熱中していたし、そこにはいささかの暗さもなかった。中でもいつの間にか料理番の差配《さはい》役を勝手に買って出たおこまは、ひとしきり周りに伊三《いぞう》とふみの婚儀《こんぎ》の由来を声高に吹聴《ふいちょう》していた。それはまたかね以外のこの場にいる誰もが納得《なっとく》するだけの内容を持つ話であった。

「同じ家で小さい時から兄やん兄やんというちょった間柄やろ、それがある日、婿《むこ》と嫁になるじゃなんて、どないなことやったんじゃろな」

中年のしげが話を誘い出すように言った。おこまが待ってましたというように喋《しゃべ》り始めた。

「そこじゃがな、わしもな、おきくさんにそこを聞いたんじゃ。おきくさんはそこら辺りは細《こま》こうは言わなんだけどな、そこは女親の勘《かん》じゃろな、おきくさんが言うのには、一年ぐらい前からおふみさんの伊三《いぞう》さんへの当たり方が、変わって来ちょったんやて」

結婚《けっこん》間もないたけが、

「当たり方てなんやの」

と言うのに、

「まあ聞きて。今まで兄やん兄やんできとったのに、いつの頃からか気いついたら、ふみが兄やんと言わんようになっちょったんやて。おきくさんはそれに気いついたんじゃな」

皆もふうんと頷《うなず》いた。

「ほいでもって、おきくさん、わが娘のことじゃから、様子を見ちょってこれは間違いない思うて問いただしたんじゃわ」

またはつという娘が合いの手を入れた。

「おこまおばさん、その間違いないていうのん、何じゃの」

おこまは少し腹立たしそうに、

「もうわしの話の腰を折らんちょいてくれな。それを今、話してんのじゃから」

料理の匂《にお》いと熱気の中で、どっと女たちは笑った。

「おきくさんにしたら、あの事件があって、みなしごの伊三《いぞう》さんを引き取って育てて来てな、ほんまに実《じつ》の子と同じに育ててきたんじゃから、それこそ我が息子じゃわな。それへ娘のおふみさんが好《す》いたらしい気持ちを持ったて知った時は、ほんまにたまげたんちゃうじゃろか。そんでもまだ半信半疑《はんしんはんぎ》でな、ずっと様子を見ちょって、この秋、直《じか》におふみさんを問い詰めたんじゃて」

女たちが耳を傾けているのを知って、おこまは一層《いっそう》得意げであった。気取られぬように、かねも背中でおこまの話を聞いていたが、心の中で、〈あの時じゃったんか。おきくおばさんが、うちに話しかけたあの後やったんじゃ〉と自問《じもん》していた。

おこまの話は熱を帯びて来ていて、

「おふみさんは、なかなか本心を言わんかったらしいで。そいでもとうとう言うたんじゃわ」

「どねえて」

とまた、たけが合いの手を入れ、

「もう言うわな」

とおこまの甲高《かん》い声に笑いころげる者もいて、またひとしきりさんざめきが起こった。

「そらおふみさんは兄やんいうて懐《なつ》いてきたけど、二年ぐらい前からちょっとずつ心が変わって来て好きになって来たんじゃて」

「ほんとか。男の人を好きになんのに二年もじゃて」

とまた剽軽《ひょうけい》なたけが言い、

「そりゃうちが好きになったんじゃ言うちょるんじゃない、おふみさんがそねえ言うたて聞いたんじゃ」

と怒ったおこまの声に応《こた》えるように、どっと笑いが渦《うず》を巻いた。この時もかねは群れの外にいた。

〈あの時からか〉と誓願寺《せいがんじ》の帰りの四十八瀬川の河原でのふみの初潮《しょちょう》の面倒《めんどう》を見ていた時のことを思い出していた。突然、

「いけん、火止めな。焦《こ》げ付く。かねやん何しちょるん」

という声に、かねは慌《あわ》ててかまどの火に、砂を二、三杯ぶっかけ、素早《すばや》くかまどから大鍋を降ろした。はちという女が、鍋の中をのぞき少し水を足して、

「あんじょうない、そやけんどおこまさんの話に負けたらいけんで」

とかねに言った。その言葉で周りには和《やわ》らいだ空気が流れ、女たちは何事もなかったかのように笑い合い、またもとの話に戻っていった。かねは救われた思いであった。おこまは話をもとに戻すように話し継いだ。

「そいでな、おふみさんの気持ちは分かったんじゃけんど、今度はおきくさんが困ったんじゃて」

ここで合いの手が来ると見てか、おこまは一呼吸を置いたが、今度は女たちの誰もが話に割って入らず、場の雰囲気《ふんいき》はおこまに話を続けるよう促《うなが》していた。

真剣そのものの顔で、たけがおこまに迫った。

「なんでじゃの、なんでおきくおばさんが困るのんじゃ。この縁組《えんぐみ》に反対じゃとでも言うんかいな」

おこまもこの時は、真顔《まがお》でしんみりとした調子で語り始めた。

「そらそうじゃわな。わしかておきくさんと同じ立場じゃったら、そう思うわな」

おこまが自問自答《じもんじとう》している様子に見えた。たけが突っ掛かるように言った。

「何じゃの、人が一生懸命《いっしょうけんめい》心配して聞いちょるのに、何がそらそうやねん」

おそらくそこに居合わせた女たちで、かね以外の者はたけと同じ気持ちであったであろう。

「それがな、おきくさんはあの一揆《いっき》の折りにな、身分が違うちょるからというだけで、ようけ身内のもんが百姓らに殺されたじゃろ、伊三《いぞう》さんのふた親もむごい殺され方してな、ほんで、その時小さかった伊三《いぞう》さんを引き取って育ててきたじゃろ。不憫《ふびん》じゃからな。十八の年まで育ててきたら情も移るわな、ましてええ若い衆になった伊三《いぞう》さんのことじゃ、余計にな。正直我が腹痛めた子と思うてんやないん。嫁は他所からと思うちょるやろ、そこへこれじゃ。我が娘が長いこと好いたらしいと、伊三《いぞう》さんを思うてきたんじゃなんて、そらおったまげるわな。伊三《いぞう》さんに我が娘をもろうちゃってくれ言うたら、その結果は初めからわかっちょるからな、それが辛《つら》いて言うちょるんや」

座敷《ざしき》に座って女たちの働きぶりを静かに見守る立場にあったさわが、おこまの話には何度も何度もうなずき聞いていた。はつがすまなそうにおこまに尋ねた。

「おこまおばさん。何で伊三《いぞう》さんは断りゃせんじゃろうて決めてかかるんじゃ。どうしてじゃ」

おこまは何か言いかけて心を鎮《しず》めてからか、少し間を置いて諭《さと》すように言った。

「はっちゃん、おまえも子を持つ親になれば、こんだのことにはどういう裏があるかも分かるじゃろうがな」

周りのおかたの女たちは、おこまの話を通しておきくの気持ちを察したのか、こもごも頷《うなず》いていた。たけがしんみりと、

「恩義《おんぎ》じゃもんな。おきくさんも伊三《いぞう》さんもどっちも相手の気持ちが分かるもんなあ」

剽軽者《ひょうけい》のたけのいつもに似ぬ声に、一同は余計納得《なっとく》するふうであった。おこまも落ち着いた声で、

「そいでな三ヶ月ほど前にな、久助《きゅうすけ》さん共々、伊三《いぞう》さんに打ち明けたんじゃて。話がとんとん拍子に進んでの、組頭《くみがしら》も大乗り気での、今日になったというわけじゃ」

「おこまはん、話も区切りついたことじゃし、その時、さわが、間髪《かんぱつ》を入れずにといっていい具合に、皿盛りの方に移ったらどうえ、料理できちょるのじゃろ」

「へえ、もうできちょります」

女たちも一斉《いっせい》に料理の方に集中したようで、

「大皿足らんかったら言うてや」

のおこまの大声に一層場の雰囲気《ふんいき》は引き締まった感じになっていた。誰かの声が叫んでいた。

「味加減《あじかげん》ようみてや」

かねも一心に手を動かしていた。村の男たちは、明日の婚儀《こんぎ》を祝うて久助《きゅうすけ》の家に寄り集まり、宴もたけなわであった。村全体が明日の婚礼《こんれい》を迎えて浮き立つような空気に包まれて、久方ぶりに村の人々の顔はただ一人かねを除いて皆にこやかであった。

III

伊三《いぞう》とふみの生活

年号が改まって今は弘化《こうか》二（一八四五）年、伊三《いぞう》とふみの新婚《しんこん》生活も半年を過ぎようとしていた。久助《きゅうすけ》もきくも伊三《いぞう》もそう望んでいたが、特にきくのたっての希望で、二人の生活は、久助《きゅうすけ》・きくの側近くの長屋で、九尺二間の二間切りから始まった。所帯《しょたい》を持ってすぐに、これもふみの希望でふみは組頭《くみがしら》の了解《りょうかい》のもとにきくの下で屠場《とじょう》で働くようになった。伊三《いぞう》は表面上女房《にょうぼう》が同じ屠場《とじょう》に出て働くことに反対はしなかった。共稼《ともかせ》ぎ夫婦の例は他にも多く見られたし、周りがこぞって「それはええこっちゃ」の声の中で、伊三《いぞう》は来るなとは言えなかった。

ふみが何故《なぜ》屠場《とじょう》に働きに出たいと言い出したのかは、周りでも夫婦で働いているからという理由が本音《ほんね》ではなく、ふみの気持ちの中に、自分とかねの結び付きを感じ取っているからであろうと伊三《いぞう》は思うようになっていた。

祇園《ぎおん》祭が後一ヶ月余りに迫ったある五月の夜、屠場《とじょう》の仕事を終えて二人は揃《そろ》って屠場《とじょう》を出た。もう夕闇《ゆうやみ》が迫っていた。屠場《とじょう》の入り口の石造りの観音像《かんのんぞう》の辺《あた》りで二人と同様家路につくかねと出くわした。かねは一瞬顔がこわばったように見えたが、かねの方から「お疲れさん」と声がかかった。伊三《いぞう》が何か言うかとこころもちふみは待っていたようだが、すぐにふみは、

「今晩はおかねさん、一緒《いっしょ》のとこに働いてても、めったに会わんね。元気」

と言葉を返した。

「ほんにそねえ言うたら会わんね。おふみさん、ちょっとは鞣《なめ》しに慣れちゃった」

と言い、少し向こうで二人の女が待っているのに、手を挙げて二人に向き直り、

「ほならまた、待っちょるから」

と小走りに去って行った。この間伊三《いぞう》は一言《ひとこと》も言葉を発しなかった。長屋に帰り着き、行水《ぎょうずい》のできる用意をしつつ、

「あんた、はよ行水《ぎょうずい》使うて。そんなとこ寝てたらいけん、はよ」

と座敷《ざしき》で両手を頭の下に組み、仰向《あおむ》けになっている夫をせかした。平常から無駄口《むだぐち》をきかぬ伊三《いぞう》は、この時も黙ったまま一坪ほどの庭先で行水《ぎょうずい》を使った。その間もふみはせわしなく夕餉《ゆうげ》の支度《したく》にかかっていた。ここにはいつもの平穏《へいおん》な二人の生活の波が小気味よく感じられた。夕餉《ゆうげ》になり丸膳《まるぜん》に向かい合って箸《はし》をつける前、

「いただきます」

と大きな張りのある声でふみは言い、食事の間中、今日一日のことをあれこれと夫に報告し、時には夫に今日どんなことがあったのかを尋《たず》ねるのが常であった。ふみは如何《いか》にも楽しそうであり、そういう女房《にょうぼう》を見ることを伊三《いぞう》も心楽しんでいる風であった。ただこの日は少し様子が違っていた。ふみが、

「あんた祇園《ぎおん》さんもうすぐじゃし、おかねさん誘うちゃるん」
と言った時、伊三《いぞう》はきつい調子で、
「何、何でそねえ言うんだ」
と言ったものだから、ふみは突然のことで少し怯《おび》えたように、
「うち、何か気にさわること言うた? 今日久しぶりに逢うて、前に長次《ちょうじ》さんに連れてっても
うたけえ、行くんじゃったらおかねさんも誘ったったらと思うただけじゃいね」
そこまで言って、ふみは箸《はし》を堅く握りうつむいた。膝《ひざ》の上に涙がポタポタと落ちた。伊三《いぞう》は
内心〈しまった〉と思ったが、取り繕《つくろ》うつもりもなく、
「泣くな。誘うちゃりたかったら、そうせんかい」
とだけ言い、黙々《もくもく》と飯を口に運んでいた。
このことがあって、ふみはこの後つとめて明るく振る舞い、何事もなかったかのような日々
がまた流れていた。が、そこに微妙に今までにない透き間《すきま》風が吹いていることを二人はそれぞ
れに感じ取っていた。もちろん、かねのどんな些細《ささい》な噂《うわさ》も、二人の間では禁句となっていた。
屠場《とじょう》でのかねは、その仕事ぶりにさしたる変化は見られなかった。むしろ外から窺《うかが》い知れぬ
ことであったが、かね自身は他からそう見られないよう必死に仕事に精を出していたといって
よい。かねにとって辛《つら》い日々が続くであろうことは、秋も深まり始めた四十八瀬川の河原での

逢瀬《おうせ》の時に、伊三《いぞう》の口から、育ての親からふみとの縁談を言われている、好きとか嫌いとかは問題外の話で断れない筋のもんだと聞かされた時からすでに予想されていた。その時は思いっきり伊三《いぞう》にしがみついて泣きたいだけ泣いたものだった。

その時以来、かねは伊三《いぞう》に会いたい気持ちを抑えに抑えて今日まで生きていた。それだけに鞣《なめ》しの作業にはことのほか気合を入れて念入りに仕事を行った。そんな彼女について周りからの褒《ほ》め言葉が飛び交ったが、当の本人は〈何も知らんといて〉という想いで歯ぎしりしていた。伊三《いぞう》がふみと一緒《いっしょ》になると決まってからも、伊三《いぞう》とかねは、しばらくは人目を忍んで逢瀬《おうせ》を重ねた。周りの厳《きび》しい目が光っている中での逢瀬《おうせ》は、いつも河原の窪地《くぼち》であった。かねにとって〈これから先どねえなことがあっても俺はお前がええ〉といった伊三《いぞう》の言葉の余韻《よいん》を心頼みにしてきた。それでも一人寝の寂しさに耐えかねて、夜明け方まで、悶々《もんもん》とする日も少なくなかった。そうまでしてきた自分への戒《いまし》めがぷつんと切れたのは、伊三《いぞう》とふみの祝言《しゅうげん》がすみ、何ヶ月かが過ぎた五月に入っての夕刻、屠場《とじょう》の入り口で伊三《いぞう》とふみと連れ立っている姿を見てしまった時だった。かねの気持ちの中の今まで宥《なだ》めていた心のバランスは一挙《いっきょ》に崩《くず》れてしまったのだ。

それに輪をかけることになったのが、屠場《とじょう》内での女たちがする噂話《うわさばなし》であった。

「伊三《いぞう》さんとこおめでたじゃて」

「へえー、ほんとかいな、そりゃあ目出度《めでた》いこっちゃ、仲のええことで」

「久助《きゅうすけ》はんおきくはんには初孫《はつまご》になるんじゃのう」

「ほで生まれるんは、いつになるんじゃ」

「なんでも今で四ヶ月じゃて、そやから十一月じゃろ、中頃じゃて聞いちょるで」

鞣《なめ》しの作業場で、女たちはせわしなく手を動かせながらの話であった。女たちはかねと伊三《いぞう》のことを知る筈《はず》もないから、甲《かん》高い声で話の花が咲き、話題はふみの身ごもった話が終われば、はや次のことへと移っていった。しかしかねにとっては辛《つら》い話ではあった。かねは女たちの話の輪に何気なしに入っている風を装《よそお》いながらも、出来るものならこの場から一刻も早く逃れたいと思っていた。

こんなことがあってしばらくして、梅雨《つゆ》に入った六月上旬、屠場《とじょう》全体、いや村の者全ての耳に、かねに関わるよからぬ噂《うわさ》が流れ始めた。屠場《とじょう》ではそれは公然と話されるようになっていった。それは格好《かっこう》の話題といったものであった。女たちは熱中し、この噂《うわさ》に没入していった。

「知っちょるか」

女たちは一斉《いっせい》に彼女に集中した。

「今日はおかねはん休んじょるなあ。この頃、よう休むんやないのんか。何でや知っちょるか」

「そねえもったいつけんと早う話しちゃりいな」

とおつねは言った。おつねは三十過ぎの女で二人の子持ちで、おこまに負けず劣らずの世話焼きである。

「おかねはんのことじゃがな。この間の大風と雨の日にな、あの晩、おかねはんのとこに男がおったんじゃて」

「そんなんおかねはんかて、自分の家で男と話することもあるじゃろがな」

おつねが茶々を入れた。

「ほな何か、女一人の家に、それも雨風のきつい晩にや、男が居続けてもおかしいないのんか」

俄然《がぜん》女たちの関心がおこまに集まり、彼女は得意の絶頂であった。

「ほんとか、そんなん」

と言うたきの問いかけに、勢いを得たのかおこまは、一気《いっき》に喋《しゃべ》り切った。それはさして変化のない毎日の暮らしに飽《あ》いていた女たちを柄にもなく、興奮させ夢中にさせるものであった。

「おかねはんとこに、男が出入りするんが目につき始めたんは、ほん十日程前やってな、見たもんがいんや。今までそんなことただの一遍《いっぺん》もないよって、初めはおかしいなあぐらいに思うちょっとけどな。何回もそれを見るとな」

「そらそれがほんとやったら、わしかておかしい思うわな。ほで、その男はどこの誰やいな」

と、たきが聞いた。女たちの知りたがっていることを、皆に代わって問い糺《ただ》したようなものであった。おこまは一瞬迷ったようだったが、

「誰やはわからん。暗うなってからのこっちゃから、顔もよう分からんかったんやろ」

「そんなことないやろ。そんだけ何晩も見とってんじゃもん、よう見届けたんとちゃうんかいな」

おつねの言葉に腹を決めたのか、おこまは、

「なんせ誰じゃとはわかりゃあせん、そやけど六ツ時頃に来てな、五ツ半過ぎにこそっと出て行くんじゃて」

「おこまはんがそこまではっきりと刻《とき》まで言い切るんじゃから確かやろな。ほんとはあんたが見てたんと違うんかいな、そやからどこの誰やいうのん、知っちょるんとちゃうん」

とたけが鋭い問いを放った。おこまは急所を突かれて、少し助けを求めるように目が宙をさまよった末に、はつと目線が合った。

「しゃあないなあ。おはっちゃん、別にわしらが悪いことしちょるんじゃないんやから、直《じか》に見たもんが言うのんがええのんや」

とあっさり白状《はくじょう》してしまった。名指しされて、はつは真っ青になり、頑《かたく》なにうつむいていたが、

女たちの問い詰めにはつは、とうとう自分が見たままを喋《しゃべ》っていった。おかねのところに毎晩のように尋ねているのは辰蔵《たつぞう》であり、この頃はそれが毎晩続いているようであったとまで喋《しゃべ》った。

独《ひと》り身の女の所に女房《にょうぼう》持ちの男が、毎晩訪ねて行くということがどういうことなのかを知った上で、村の中でそこまで大胆《だいたん》に振る舞うおかねに、女たちは反発し、一斉《いっせい》に非難《ひなん》の声を上げた。これがおかねに対する噂《うわさ》の始まりであった。不義密通《ふぎみっつう》はご法度《はっと》であり、それを犯せばきついお咎《とが》めを受けねばならない御時世《ごじせい》であった。思い切ったことをするおかねに、同じ女としての羨望《せんぼう》とやっかみがないまぜになって、女たちの噂《うわさ》は噂《うわさ》を呼んでいった。それは瞬《また》く間に屠場《とじょう》で働く者全てが知るところとなり、間もなく村全体の者が知るところとなった。

月日は流れ、暑い八月の半《なか》ばに差しかかっていた。そんな中でもかねは変わらぬように屠場《とじょう》に通い、鞣革《なめしがわ》の作業についていた。よほどかねは気丈夫《きじょうぶ》な女なのであろう。同じ作業場でも面と向かって顔を背《そむ》ける者もいたし、妙におかねの前でおずおずとする女たちもいた。そして男たちも何はなし、からかい半分におかねに近づく者もいたが、その時々のおかねの対応はしたたかであった。男はそういうかねに見事に誘いを断られ、皆の前で大恥《おおはじ》をかかされたということもあって反発した。

仕事を終えて屠場《とじょう》内にゆっくりとした時間が流れ始めた矢先、一人の男がかねに近づいた。

帰り支度《じたく》を始めていたかねに、

「どうじゃ今晩」

と男は馴れ馴れしく言い寄った。かねはじろっと男を一瞥《いっべつ》して言い放った。

「何が今晩よ。相手間違うちょるんとちゃう」

と言って、くるっと背を向けた。男は一瞬唖然《いっしゅんあぜん》としたようだったが、急に大きな声で言いたてた。

「下手《したて》に出ちょるのに何じゃ。わいらとはつきあいとうないちゅうことか」

この男の言葉に対する直後のかねの言い返しに、作業を終えて帰途《きと》につこうとしていた女たちは、その場に立ち尽くしてかねを見つめた。

「当たり前や。相手見て物言い」

かねの勢いのある物言いに怯《おび》えだ男は捨て台詞《ぜりふ》を吐いてその場を立ち去った。

しばらくして、辰蔵《たつぞう》とかねの噂《うわさ》は、村の老若男女《ろうにゃくなんにょ》の格好の話題となり、村の上層部としても藩からの咎《とが》めがある前に、何らかの手を打たねばならなくなっていた。穢多《えた》村に対しては、日頃のあいさつから身なりまでこと細かにきめられていたし、他の村の者との間の通婚《つうこん》までも厳《げん》重《じゅう》に一切《いっさい》禁止されていた。そんな御時世《ごじせい》だけに同じ村の中にあって、妻帯者が独《ひと》り身の女と情を交《か》わすということは、掟《おきて》に背《そむ》くこととして厳《きび》しい処罰《しょばつ》の対象となっていた。二人の噂《うわさ》がここまで公然となってしまった段階では、組頭《くみがしら》の清兵衛《せいべえ》としてもことを穏便《おんびん》には扱えなくなっていた。

まもなく辰蔵《たつぞう》は、清兵衛《せいべえ》宅に呼び出された。そこには清兵衛《せいべえ》の他、五人の村の世話役たちが並んでいた。一同が並んでいる前に押し出された時の辰蔵《たつぞう》はすでに抗《あらが》うすべをなくし、すらすらとかねとの情事の顛末《てんまつ》を申し述べた。これを受けてかねも同様に呼び出されたのは、その翌日のことであった。

清兵衛《せいべえ》たちが一瞬《いっしゅん》あきれ、次には怒り心頭に達し、そして終わりにはこの掟《おきて》に背《そむ》いた女に対し、事を荒立てぬように宥《なだ》めすかさねばならぬといった仕儀《しぎ》に陥《おちい》ったのは、辰蔵《たつぞう》の恭順そのものの姿とは異なって、昂然《こうぜん》としているかねの応対に原因があった。

清兵衛《せいべえ》たちからその不道徳を厳《きび》しく責められ、今回のことで誠心誠意《せいしんせいい》悔い改めるのであれば、郡代への上申《じょうしん》等にもいくぶんの情状《じょうじょう》の余地を残してもよい、との世話役五郎吉《ごろうきち》の話を静かに最後まで聞いていたかねは、おもむろにその目が大きく彫《ほ》りの深い美しい顔を挙げて、清兵衛《せいべえ》と正面に向き合い、目線を定めて喋《しゃ》べり始めた。

「組頭《くみがしら》にお尋ねしますが、うちと辰蔵《たつぞう》さんとのことは、ただの男と女の間柄のことで、それをそちらの世話役が郡代に届け出るの何のと言うちょられるが、もともとうちらは、お上から何かにつけて別扱いされ、粗末《そまつ》に扱われてきたじゃないですか。そこへ村の男と女のことを、いちいち言い訳がましく知らせに行くというのは、この村の長《おさ》として情けないじゃありませんか。所帯《しょたい》持ちの男とうちみたいなのが、惚《ほ》れたはれたのことで村の衆の気に染まんと言うのであれば、それはそれとして聞きもします。そこのところはどねえなっているのですか」

名指しされた、もう鬢《びん》に白い物が目立つ世話役の五郎吉《ごろうきち》は、赤黒い顔を一層赤黒くして怒鳴《どな》った。

「この男ばすが。わりゃあ女の癖に、なんちゅうわやなことを言うちょるんじゃ」

勢い込み、息を飲み込んだところで、清兵衛《せいべえ》は五郎吉《ごろうきち》を軽く制し、かねを見据えて静かに答えた。

「おまえの先に言うたことは、わしもそう思うてきた」

座に並ぶ五人の世話役たちは、意外な展開に驚きつつも聞き入った。

「ただな、おかねよ、この村のもんが口惜《くちお》しい思いで生きてきちょるのは、何もぬしに殊更《ことさら》に言われんでもここにおる世話役らも、他の村のもんも身に染みておる話や。それでもこの世界で生きて行くしかない、掟《おきて》には従わんわけにはいかんのじゃ」

清兵衛《せいべえ》は一息《ひといき》入れて、かねに挑《いど》むように、

「ここの所は、ぬしは女というても他のもんとは違うて読み書きができる。そいじゃけえ、世の中の仕組《しく》みもようわかっちょるからのさっきの話じゃということ、わしは分かっちょるつもりじゃ。ぬしの言う通りじゃが、わしも村のもんも諦《あきら》めとるわけじゃない。というて、今は従うしかないということじゃ」

渋茶を一口《ひとくち》飲んで、

「どうや、一つ目のおまえの問いへのわしの答えは」

これにはかねは黙《だ》んまりを押し通した。

「ところでじゃ、おかね。こんだの騒ぎでおさわさんはどう思うてなさるかの。そこのところをおまえに尋ねたいんじゃが」

おさわと言われた時、かねは目を伏せた。穢多《えた》狩りに逢って、両親を嬲《なぶ》り殺しにされた孤児の自分を育ててくれた育ての親のことが、その時どっと胸に込み上げてきたからだ。座に連なる世話役たちもこの時初めて、一様に目の前にいる美しい女子があのおりの生き残りの幼子であったことを思い出し、座は静まり返った。とどめを刺すように清兵衛《せいべえ》の言葉が静かに諭《さと》すように続いた。

「おまえにも、色々と言い分があろうが、男とのことでは外道《げどう》の道に入ったと言われてもしゃあない。おまえがあくまで居直れば、『地下《じげ》去り』の目にも遭《あ》うであろう。それはおさわさんのことを思うて世話役の誰もが望んどりゃあせん。ここは気を取り直して、悪いことは悪いと認めてさえもらえりゃ、わしとしてもおまえを庇《かば》い立て出来るというもんじゃ。どうやなあ」

五郎吉《ごろうきち》を初め、世話役の誰もが組頭《くみがしら》の意見に納得《なっとく》し、祈るようにかねを見つめた。かねは身を固くしていたが、やがてかすかに唇《くちびる》を震わせ、一筋二筋頬《ほお》に涙を走らせて、がくんと頭を垂《た》れた。そして声を立てず肩を震わせてその場に座り続けた。清兵衛《せいべえ》は労《いたわ》るように、

「分かってくれたようじゃから、不届きのかどがあったによって、厳《きび》しく申し聞かせ、相応の処置を申し渡したとでも言うておこうかのう」

ほっとした空気が座に流れ、そしてやおら清兵衛《せいべえ》は今一度座を締《し》めるように、

「ただし、おかねには三日間の謹慎《きんしん》をしてもらう。家から一歩も出ることはならん。それと辰蔵《たつぞう》は所払《ところばら》いすることにした。身内のことでもあり、あれの女房《にょうぼう》子供のことも考えて垣之内《かきのうち》の屠場《とじょう》に世話をしてもらうよう手配《てくば》りは済ませた」

この間、かねはうなだれたまま聞き入っていた。村の者たちの好奇の目にさらされ続け、話の種にされてきたかねと辰蔵《たつぞう》の一件は、このように一応の幕を閉じた。すでに外は夜の帷《とばり》に包まれていた。

季節も九月に入り、早やこっとい皮の納期《のうき》が迫ってきたこともあって、ひとしきり村雀の噂話《うわさばなし》の種にされてきたかねと辰蔵《たつぞう》の話もいつしか人々の口から漏《も》れて来ぬようになり、屠場《とじょう》は皮の作り出しに殺気《さっき》立っていた。こっといを手に入れるために、組頭《くみがしら》が、隣村の庄屋と内々

の手を打ったとか、だれそれの家に三人目の子供ができて大変じゃろうとか、仕事の手を休めぬためといっていいその手の話には、屠場《とじょう》で働く人々には事欠かぬようであった。

若者たちの蠢動《しゅんどう》

この頃、伊三《いぞう》の義理の弟の与吉《よきち》は、まだ十四歳であったが、伊三《いぞう》の影響からか、屠場《とじょう》で働くようになってからも、誓願寺《せいがんじ》の恵春《けいしゅん》住職のもとに手習いに通い、書籍を読むこと、とりわけ論語について学ぶことに精を出していた。そのせいでもあったのか与吉《よきち》が旗振り役となって、十日に一遍《いっぺん》、近所の若い衆が七、八人、多い時は十人を越える時もあったが、伊三《いぞう》の家に集まるようになっていた。大半の者が誓願寺《せいがんじ》へ手習いに行っていることもあって、そこでの集まりは主に世の中の動きについて、伊三《いぞう》に対して若い衆から尋ね、それに伊三《いぞう》が答えるといった役回りで、一種の講義形式の話し合いが持たれていた。与吉《よきち》は利発であったから、今迄に誓願寺《せいがんじ》の本堂で恵春《けいしゅん》からする伊三《いぞう》への話を、傍《かたわ》らで耳を欹《そばだ》てて聞き入っていたことがしばしばあって、その折りの話の内容をほぼ理解していた。そんな与吉《よきち》であったから、幼いなりに岐波《しば》村になぜ屠場《とじょう》があり、人一倍きつい仕事をしているのに回りの百姓たちからはなぜ忌《い》み嫌われるのか、またこの村の者は自由に外へ出歩くことができぬのはなぜなのかなどを真剣に考えて来たようだ。やがてそれが高じて兄の伊三《いぞう》に請《こ》い願い、村の同年配の若い者を一人ひとり口説《くど》いて集めて回ったということにもなる。少年与吉《よきち》の頭の中には漠然《ばくぜん》とだが、この村を何とかしたい、息苦しく辛《つら》いだけのこの村の者の生き方を変えたいと切に願っていたようだった。

若衆部屋とでもいうべき伊三《いぞう》の家での集まりは、村の大人たちも安心して見ているところがあった。それは伊三《いぞう》への厚い信頼の表れでもあった。ただ村の大人たちは、その若衆部屋での伊三《いぞう》の話や、若い者たちの話を耳にすることがあれば、おそらくそのあまりにきつい中身に驚き恐れたかもしれなかった。

今夜はその集まりの月末の日であった。

一番乗りした与吉《よきち》は姉のふみから、蒸《む》したじゃがいもをもらって口一杯にほうばりながら、

「兄やんはまだか」

と土間《どま》に立つふみに声をかけた。夕餉《ゆうげ》の支度《したく》に忙しいふみは、包丁を持つ手を動かしながら、

「あの人どねえしちょるんのやろう。与吉《よきち》ちゃんが終ってんのにな」

「兄やんは班長やよってわしらとは仕事が違うけえな、跡片付けもあって屠場《とじょう》を出んのん遅うなるんや」

「お父《とう》はんもお母《かあ》はんも元気か」

「元気やで。ああ忘れちょった。お母はんがな調子聞いとってくれって」

「何のよ」

「おなかの赤ちゃんのことじゃろ」

「今のところ大丈夫《だいじょうぶ》や。変わりないて言うちょいて」

この時、入り口の戸が開いて、

「おばん」

と元気のよい声がして徳松《とくまつ》が飛び込んで来た。後に虎松《とらまつ》・佐吉《さきち》が続いていた。みな与吉《よきち》と同じ年で、いずれも屠場《とじょう》で仕事をしている連中であった。虎松《とらまつ》が大人びてふみに挨拶《あいさつ》をした。

「いつもすいません」

与吉《よきち》が茶化《ちゃか》すように、

「慣れんことすな。雨降るぞ」

と言ったので、周りに笑いが起こった。

「早よ上がれ」

と与吉《よきち》がわが家のように言い、三人は座敷《ざしき》に上がり車座《くるまざ》になった。佐吉《さきち》が、

「伊三《いぞう》さんはまだですか」

と妙に丁寧《ていねい》に聞いたものだから、期せずしてまた皆の笑いを誘った。ふみが、

「ごめんな。それにしてもうちの人、何しちょるんのやろ」

と言うのと入れ違いに勢いよく戸が開いて、のそっと伊三《いぞう》が土間《どま》に入り、後ろを振り向き、

「遠慮せんと入らんかい」

と言った。いつもの顔触れの為次《ためじ》、和吉《わきち》、孫七《まごしち》、惣次《そうじ》らが続いて入ってきた。中に一人だけ見慣れぬ若者が混じっていた。目ざとい佐吉《さきち》が、

「孫七《まごしち》、そのお人は」

と問うた。

「こんだな、わしらの集まりに寄せてもらうことになった、六兵衛《ろくべえ》さんとこの文吉《ふみきち》さんじゃ。よろしゅう頼むわ」

と孫七《まごしち》は誰にともなく言ってから、横の文吉《ふみきち》の二の腕を少し押した。文吉《ふみきち》は緊張《きんちょう》気味に、

「文吉《ふみきち》です、よろしゅう頼みます」

と軽く頭を下げた。それでごく自然に文吉《ふみきち》を受け入れる雰囲気《ふんいき》が出来上がり、皆はあたかも自分の家のようにめいめい座敷《ざしき》に上がり、丸膳《まるぜん》の周りに窮屈《きゅうくつ》そうに座った。

この集いの始まりはいつもそうであったが、村の中で起こった出来事を話題にしたりして、それとはなしの雑談から、やがて一つの話題に集中して行くのが習わしであった。今夜もそれであった。

惣次《そうじ》が口火を切る形になり、

「伊三《いぞう》さん、今はこっとい皮の納期《のうき》が迫っちょるんで、屠場《とじょう》の中は戦場のようや、で、わいな、そん時になると、ちゅうても去年ぐらいからじゃが、おかしいなおかしいなと思うちょるんや。こんだけようけこっとい皮を鞣《なめ》すんやじゃから、そんだけの牛がいるやろ。この一ヶ月の間だけでも、わいが目分量で数えて二十疋《ぴき》は越えてる、それも屠殺《とさつ》したもんだけや」

同じことを考えていたのか、徳松《とくまつ》がこの話に割って入った、

「死んだ牛も運び込まれてきちょるから、十頭は下らんじゃろ」

惣次《そうじ》は真剣な眼差《まなざ》しで伊三《いぞう》を見詰め、

「わいらは生まれついてからこっち、仕事といやあ屠殺《とさつ》と革細工《かわざいく》と、昼と夜の見回りだけじゃ。ほかの仕事はしちゃあならんちゅうことになっちょる。その上、皮は死んだ牛と馬に限るということになっちょる。ところが皆も知っちょるように実際はそやないんじゃ。ほんでなそこんところの、ほんとのとこを教えてほしいんじゃ。」

車座《くるまざ》の若い衆の誰もが大きく頷《うなず》いて伊三《いぞう》を注視した。伊三《いぞう》は考えをまとめようとしてなのか、すぐには言い出さず、静かに茶を飲んでいた。為次《ためじ》や和吉《わきち》もつられて湯飲みを口にやった。

「惣次《そうじ》のおかしい思う気持ちは、わしも長いこと持っちょった。この村の大方のもんも同じやろうと思う。今から話す中身が果たして、惣次《そうじ》の知りたがっちょることの答えになってるかどうかは分からんで。ほじゃけど、それなりにわしらも考えにゃいけんじゃろうと思うちょる

ことをちょっと話しとこかな」

「よう、待ってました」

突然素っ頓狂《すっとんきょう》に佐吉《さきち》が半畳を入れたので、伊三《いぞう》は大照れになり、場は大笑いとなった。

「そねえに冷やかすな」

と伊三《いぞう》が言い、

「すいません、よろしゅうお頼みします」

との佐吉《さきち》の殊勝《しゅしょう》な言葉で座は優しい空気に包まれた。

「ところでさっきの話じゃが、三、四年前にわしも惣次《そうじ》と同じことを誓願寺《せいがんじ》のお住《じゅ》っさんに尋《たず》ねたことがあるんじゃ。そん時お住《じゅ》っさんが語ってくれたのには、もともとわしらの先祖は、今みたいに『家職《かしょく》』を決められていたんじゃのうて、大方のもんは田畑も持っていたそうや。海辺のもんも漁をするのに、なんの差し障《さわ》りもなかったそうや」

この瞬間、この場にいる若い衆らの意気込みは、それぞれの目にも顔にも生き生きと表れていた。虎松《とらまつ》が差し迫った声で、

「それが何でじゃの」

と口を挟《はさ》んだ。伊三《いぞう》はそんな虎松《とらまつ》を諭《さと》すように
「さあ、それがじゃ。お住《じゅ》っさんの話やと今から二百四、五十年も前になるかな、慶長《けいちょう》九

（一六〇四）年の三月に、お上がの、それまで皮もやっちょったけんど、片方田畑も持っていた山口の垣ノ内《かきのうち》の十八軒にや、三月三日、郡代相嶋作右衛門《あいしまさくえもん》名の書き付けが出されての。それは山口のもんらに、城下のど真ん中の道場門前町から、有無《うむ》をいわさんと城下から一番遠い所へ移れちゅう命令やったんじゃて」

「それ拒《こば》めんかったんか、兄やん。」

与吉《よきち》の半ば自問自答《じもんじとう》する体《てい》の問いに、

「そうじゃ、山口の身内の衆はあんまりじゃちゅうことで、うち揃うて畔頭《あぜがしら》に訴えもし、長いこと抗《あらが》うたが、お上にはかなわんわの。泣く泣く田畑を手放し家も捨ててそこへ移り住んだんじゃて。ところがそれだけじゃないでな、無理やり移されたとこは土地も痩《や》せちょうし、その上、十八軒を一箇所に押し込んだ上、ご丁寧《ていねい》にその周りを別仕立ての青竹の垣でぐるっと囲い込んだんじゃそうな」

佐吉《さきち》は今まさにそのことが目の前で引き起こされているとでも感じたのか、

「そんなえげつない。ほじゃったら他のもんから見たら、何も分からんやつでもそこ何やらおかしい、別扱いされてるて思うじゃろう。そんな殺生《せっしょう》な。それはないで」

と激高《げっこう》した。皆からも一斉《いっせい》に、

「ほじゃほじゃ」

と相槌《あいづち》の声が上がった。与吉《よきち》が引き締まった顔つきになって、

「兄やん、お上はそれを狙《ねら》っとったんじゃないんか。わいらを百姓や町人と分け隔《へだ》てして、わざと目立つように仕向ける、ほんとの狙《ねら》いはそれじゃったんじゃないんか」

「その通りじゃ。分け隔《へだ》てすることが、端からの目的じゃったんじゃと思う。それが証拠にな、この時を境にみんなもよう知っちょる、あの『家職《かしょく》』というもんが決められたんじゃ。死んだ牛や馬の後始末《あとしまつ》とその皮剥《かわは》ぎじゃな。それに夜廻《よまわ》りと牢番《ろうばん》じゃ。わいらにはそれしか仕事はするなちゅうのが、お上の触れ出しじゃったんじゃ」

座は一時奇妙な静けさに支配された。その時、今まで上がりがまちで、大きなお腹を撫《な》でつつ黙って聞き入っていたふみが、皆を元気づけるように、

「おぶ入れちゃろか」

と声に出し、

「よっこらしょ」

と土間《どま》に立った。伊三《いぞう》も我と我が心が激高《げっこう》しそうになるのを抑《おさ》えつつ、話を継《つ》いでまた語り始めた。

「その慶長《けいちょう》の時から百年ちょっと経《た》った正徳《しょうとく》三（一七一三）年にな、勘場《かんば》から、またまたとんでもない書き付けが、各村の庄屋へ送り付けられたんじゃ。これは誓願寺《せいがんじ》でお住《じゅ》っさんから

見せてもろたんじゃが、その時わいな、頭かあっとしたな」

「そんな古い書き付け残っちょるんじゃな」

と与吉《よきち》が感心するように言った。

「そうじゃろ。わしも見せられた時は、初めこんな古いもんがと思うたからの。二ツ綴じの薄っぺらなもんじゃった、確かにな」

「どんなことが書いてあったんじゃ」

と声が飛んだ。

「長々と書いてあってな、七カ条はあったと思う。初めの一条を見て、わいな頭がジーンとして、身体中の血がいっぺんに流れ出てしもたかと思うたもんじゃや。そこにな確かにこねえ書いてあった、

『茶筌垣之内《ちゃせんかきのうち》道之者遊君川田等、皆穢多《えた》之名之由候、此者共之悪人之媒仕様ニ相聞、甚不謂儀候、頭取仕者ヨリ急度穿鑿、悪調不仕様ニ中付由可申渡候こと』

となど、分かりやすう言うたら、宮番《みやばん》も茶筌《ちゃせん》もみな一括《ひとくく》りで『えた』とされちょるやつじゃった。仕事も名前も、住むとこまでも皆、お上のご都合で決められてしもたちゅうこっちゃ。周りから『えた』じゃちゅうて蔑《さげす》まれるようになったんも、この時が始まりじゃないじゃろか」

話はまだ続いていた。ふみは我の亭主の回りを囲む若者達の話に耳を傾けていたが、もう四

ツ時を廻っているのに気づいて、伊三《いぞう》の側に寄り、

「あんた、もうだいぶ遅うなったで。何か食うもんと思うんじゃけど、何んもないし、ちょっとずつでも茶粥《ちゃがゆ》を食べてもったらと思うんじゃけど」

伊三《いぞう》はすぐさま、

「そうしちゃれ、わしも腹減っちょるから」

と言い、皆に、

「話に夢中でな、みなも腹減っちょるじゃろから、ここらで茶粥《ちゃがゆ》でも食うちょくれんさい」

と言った。そう言われてみて誰もが急に空腹を覚えた。身重のふみを気遣《きづか》って与吉《よきち》が土鍋とお椀《わん》をお膳《ぜん》に運んだ。文吉《ふみきち》もかいがいしく手伝っていた。やがて皆はそれぞれ椀《わん》一杯によそわれた茶粥《ちゃがゆ》を、大事そうにゆっくり味わいつつ食べた。浅漬けの大根は一切れ残らず皆の腹の中にしまわれた。

話の続きをせがむように、与吉《よきち》が伊三《いぞう》に尋ねた。

「さっきの兄やんの話じゃと、慶長《けいちょう》九（一六〇四）年の書き付けで、わしらの仕事が決められ、住むとこも決められてしもうたちゅう話やけんど、それじゃと、死んだ牛や馬の後始末《あとしまつ》とその皮だけを取ってたらええんじゃというもんじゃのに、さっきの惣次《そうじ》や虎松《とらまつ》の話じゃないけど、生きた牛を始末《しまつ》する方が多いじゃないか。これはどねえな意味に取ったらええんじゃ」

義弟の質問に伊三《いぞう》はうれしそうであった。

「よう言うた、皆によう考えてもらいたいのが、そこのとこじゃ。ところで皆、もう夜も遅いけど、話を続けてもええか、この話じゃとまだだいぶんかかるで、次の時にしてもええんじゃぞ」

これには皆が口々に不満の声を漏《も》らし、与吉《よきち》が代表して、

「兄やん、もうちょっとだけじゃから、きりのええとこまで話しちゃって。そうじゃないと、わいら次まで落ち着かんのじゃから」

他の者の頷《うなず》くのを見て、伊三《いぞう》は、

「ふみ、お前はその辺の隅《すみ》にでも横になっちょれや。こねえ言うちょるから、もうちょっとだけ話しちょくから」

「ええよ、眠とうなったらその辺で横になるからに」

少しいらだち気味に、惣次《そうじ》が伊三《いぞう》をせかした。

「伊三《いぞう》さん、さっきの与吉《よきち》の話の続きじゃけど、生きた牛をこんだけようけ殺すのは、ほんとはお上からお咎《とが》めがあるんとちゃうか」

「そじゃで、誰が考えたかて、百姓らかてそう思うちょるわ。ところがな、そこがみそなんじゃ。こっとい皮を年に百枚は必ず上納《じょうのう》せえということを、お上は言うてきちょるんじゃ。百

枚ということは、百疋《びき》の牛がいる勘定《かんじょう》や、それが都合よく毎年毎年百疋《びき》も死んでくれへんわの。ほじゃけど、お上はどねえしてもこっとい皮がいるんじゃ。そこでじゃ、わしらの先祖も今のわしらも、知恵を働かして一年に百枚のこっとい皮を差し出すようにしちょるんじゃ。この村の割り当ては三十枚じゃということも皆知っちょるな」

佐吉《さきち》が大きな声で言った。

「そんなんごまかしじゃないけえの」

「佐吉《さきち》、わしに怒鳴《どな》ってどねえするんじゃ」

と伊三《いぞう》のたしなめに皆は笑った。

「確かに佐吉《さきち》の言う通り、ごまかしじゃ。お上の言う通りじゃと、村で飼うちょるあの五十頭からの牛のいる訳がなりたたんわの」

今まで黙って聞いていた孫七《まごしち》が、この時、口を開いた。

「お上はわしらには死んだ牛や馬の後始末《あとしまつ》だけをせいと言うてきた。ところがじゃ、百枚の皮を上げさせるのには生きた牛も殺さにゃ、とてもじゃないが間に合わん。田んぼがあるわけじゃないんじゃから、牛をようけ飼うちょるのもそのためじゃ。と言うことはじゃ、この村もそうして来たし、他の村の身内のもんも同じようにして来たわけやな。と言うことは、お上はわしら穢多《えた》のもんが長いことお咎《とが》め承知でやって来たことは、とっくにお見通しじゃちゅうことじゃな。いやそうじゃない、初めからお上も承知のことなんじゃな、これはこれでお上にとって得な話じゃやで、見て見ん振りして来たちゅうことか。そじゃけど怖《こわ》い話じゃな、皮納《おさ》められんかったらきついことになるわな」

「えらいなあ孫七《まごしち》、そんだけ見通せたらたいしたもんじゃや。ただな孫七《まごしち》、わしらの身内のもんが田んぼを持っちょらんちゅうのも仮の話なんじゃど」

「そんなことあるんか」

と絶叫した虎松《とらまつ》の思いは、皆の声を代弁していた。

「これもお住《じゅ》っさんからの話じゃが、この春、徳山《とくやま》藩からまたまた触れ書きが出されてな。それには『この頃穢多《えた》ども表向きは百姓の名前を使うて田畠を持ってる者が多いと聞く。それは不届きじゃや。今後一切そういうことは許さん』というような意味のもんが書いとったて、皆これをどねえ聞く」

「そりゃわしらの身内のもんで、田畠を持っちょるもんが現におるちゅうことじゃろ」

虎松《とらまつ》の答えに伊三《いぞう》は大きく頷《うなず》いて、

「そうじゃ、この村でも山口でも萩《はぎ》でも、同じようなことがあるとは聞いちょるいね。やっぱり田畠を持っちょる方が勝ちじゃやからの。ほじゃけど徳山藩の例もあってな、おそらくよほど世の中でんぐり返るようなことでも起こらん限り、わしらがわがの田畠を持って耕せるちゅう世の中にはならんで、とわしは思っちょるんじゃ」

そこまで聞いて皆が、しいんと静まり返った。この時、今まで黙って話に聞き入っていた新入りの文吉《ふみきち》が、突然次のような話を始めた。

「伊三《いぞう》さん、この六月萩《はぎ》の城下で姥倉《うばくら》運河が通ったて。荷を一杯積んだ船がそこを通って港にまで運んじょるちゅうんじゃ。親父のとこに来た萩《はぎ》のお人が話しちょった。これも今の話からしたら、お上のやり方からして、わしらが納《おさ》めるこっとい皮とも、なんじゃしらん深う繫《つな》がっちょるんじゃないかと思うんじゃけど」

伊三《いぞう》だけが驚いたのではなかった、皆も驚いて文吉《ふみきち》を見た。

「えらいこと知っちょるな文吉《ふみきち》、わしはまだその運河のことは聞いちょらんかったが、それがほんとじゃとしたら、お前が考えちょる通りじゃとわしも思う。金が無い金が無いと言うてきたお上やが、わがらの為にならんことは金輪際《こんりんざい》せんじゃろうからな」

このような話があと幾人かと繫《つな》がって、やがて今夜の集まりは一応の幕を下ろした。若衆は皆、上気した顔のまま夜の闇《やみ》に散っていった。最後に与吉《よきち》が出ていった後、伊三《いぞう》も疲れてはいたがまだ昂《たか》ぶった気持ちに浸っていた。横になっているふみから、

「あんた、あしたも早いんじゃから、早う横になりんさい」

の声に気持ちよく応じて、伊三《いぞう》は灯芯《とうしん》を切り、ごろんとそのまま横になった。夜の闇《やみ》が静かに

辺りを閉ざした。

十一月下旬、辺り一面、霜で真っ白になった靄《もや》が濃い寒い朝、伊三《いぞう》の家から突然元気よく赤ん坊の泣き声がした。ふみが女の子を産んだのだ。初孫を授《さず》かったと久助《きゅうすけ》は大喜びで村中触れて廻った。喜びを表すとはこういうことかと、そんな久助《きゅうすけ》を見て改めて村の人々は思ったものだ。初産《ういざん》であったが赤ん坊は丸々と肥え太《こ》った丈夫な子であり、ふみも産後の肥立《ひだ》ちは順調《じゅんちょう》であった。お七夜の祝いの席で久助《きゅうすけ》は初孫に「ちせ」と命名したことを披露《ひろう》した。

産まれてきた子の名前をどうするかでは、実は、きくは随分《ずいぶん》と伊三《いぞう》に気を遣《つか》ってきていた。どんな名にするかで思案している久助《きゅうすけ》に、きくはこうも言ったものだ。

「名前は伊三《いぞう》さんが考えるんじゃから、あんたがそねえに考えんでもええんじゃ」

と久助《きゅうすけ》を諫《いさ》めたが、

「わしが名前をつけるのに、伊三《いぞう》もふみも異存がある筈《はず》がないわい。どこでもそねえしちょるんじゃ」

と久助《きゅうすけ》は強く言い切った。そんな久助《きゅうすけ》とわが夫の気持ちをおもんばかって、ふみはしきりに気をもんでいたが、伊三《いぞう》はあっさりと、

「わしからも頼みますわ。この娘のために、お父はん、お母はんでええ名つけておくれんさい」

と頭を下げた。この時、ふみは涙ぐむ顔を布団《ふとん》の縁に隠していた。

新しい生命の誕生で、久助《きゅうすけ》とこも、伊三《いぞう》とこも赤ん坊のちせを中心に生活は回り始めていた。そうこうする内に時は流れていき、年の暮れも押し詰まり、やがて新しい弘化《こうか》三（一八四六）年の正月を迎えた。久助《きゅうすけ》一家にとって、ここ何年かでも特に華《はな》やいだ穏やかな正月を迎えられたのも、桜子ちせの存在があったからである。

伊三《いぞう》とふみとちせの一家にとって幸せは長く続くように思われたが、人の世の常でそうはならなかった。

芸能村のこと

当時の穢多《えた》と称された人々は、「家職《かしょく》」として、斃死牛馬の処理や、牢番《ろうばん》、村の見廻り等の定められた仕事のみに就《つ》かせられていた。なかにはその掟《おきて》を破り、百姓仕事につくもの、漁師になるもの、穢多《えた》の身分を隠して町人や百姓の中に紛《まぎ》れ込む者と種々雑多であった。彼らは一様に、上からの不当な扱いに、個々人が必死に知恵を絞って抵抗《ていこう》していた。そのような中で一部には芸能の分野に進出する者もいた。

元禄期江戸、京、大坂の三都で興行《こうぎょう》としても確立してきていた歌舞伎《かぶき》、人形浄瑠璃《じょうるり》などは、この頃に入ると地方でも確かな興行《こうぎょう》を行うようになっていた。それには伊勢芝居、宮島芝居といわれる、門前町において大いに栄えた芝居興行《こうぎょう》の影響もあって、各藩にも芸能村が出現し、地芝居、地狂言を行う者まで出てきていた。そしてそのような芸能村を担《にな》う人々は一般民衆とは別世界を形成する集落に押し込められ、一般社会からは疎外され、蔑視《べっし》される境遇《きょうぐう》に置かれていた。それだけにそこに住む人々は芸の上達に精進《しょうじん》し、そのことに必死であった。

長州藩《ちょうしゅう》にも芸能村は萩《はぎ》の勘場《かんば》に近い所にあった。彼らは藩主の許可のもと、その求めに応じて定期公演を行い、その代償《だいしょう》として藩内各地での興行《こうぎょう》も行っていた。時に祭礼《さいれい》のハレの日には歌舞伎《かぶき》で名狂言と言われるものの上演を行った。芸能村の中では浄瑠璃《じょうるり》、長唄、義太夫などの上達に懸命《けんめい》に努力するものも数多く出てきていた。それらが寄り集まって演ずる出し物は、三都で演じられて評判を取っているものに片寄っていたが、芝居の質でも三都のものに引けをとらぬところまで、修練を積んできていた。やがてそれぞれの分野で名人上手が生まれてきていたが、なかでも、三味線のつま弾《び》きにその天賦《てんぷ》の才を花咲かせる者も幾たりか出てきていた。それらの者は、あたかも三味線に長じることで現世の煩《わずら》わしさから逃れでもするようであった。といって、穢多《えた》という身分制約の中で許された仕事であるがゆえの、屈辱《くつじょく》を味あわされることが再三であった。それゆえに、芸を志すものは三味線を弾《ひ》くこと、見事に唄を歌いこなすことで、それを超えようとしていた。とりわけ萩《はぎ》や山口の城下の外《はず》れに住まいする穢多《えた》たちはこの芸能の分野では特に優れた業績を残すまでになっていた。

中でも萩《はぎ》の勘場《かんば》近くにあった穢多《えた》村の弥八《やはち》と勇吉《ゆうきち》は浄瑠璃《じょうるり》の太棹や常磐津《ときわず》、清元《きよもと》、義太夫、長唄、端唄《はうた》等にも長じており、そのつま弾《び》きが始まるや、物みな全てをその世界に引き込むだけの力量を身につけていた。その上、弥八《やはち》は眉目秀麗《びもくしゅうれい》で、彼が得意とする京唄を陰々寂滅《いんいんじゃくめつ》と弾《ひ》き語る時、女たちは見入られたように茫然自失《ぼうぜんじしつ》する有り様であった。弥八《やはち》の伯父にあたる勇吉《ゆうきち》も弥八《やはち》に負けず劣らずの三味線上手《じょうず》であったが、彼は長唄を得意としていた。やがて彼らは萩《はぎ》城下の勘場《かんば》近くの芸能村にあった御前座の下座音楽の担《にな》い手としてお抱えの処遇を受けるまでになっていた。ただ、ここにきて急激に身分制が崩れを見せ始めている世の中であってみれば、穢多《えた》といわれる人々にとって、一層生きるのに厳《きび》しいものが形として出現していた。今までに幕府《ばくふ》も長州藩《ちょうしゅうはん》も特に穢多非人《えたひにん》に対しての触れを数多く公布してきたが、その中の一つに次のものがあった。

それは安永八年（一七七九）穢多《えた》中へ向けてのもので、

「一万歳寿うたひ其外芸者廻り穢多《えた》共、御百姓家御町人家江参り、あがり所江腰を架申候儀不相成候間、内庭江踏込申間敷候、且亦芸者其外物貰《もら》ひ之者、遺物少分なれは悪口を仕候類茂有之由相聞候由、以来芝請之穢多《えた》之外脇村之穢多《えた》共、村々江罷越物貰執行仕間敷之由、被仰渡奉得其意候。」（万歳や寿謡《うた》いそのほかの芸能をことする穢多《えた》どもが、百姓町人の家へ参り、あがり所に腰をかけてはいけないことになっているのに、中庭まで入り込むというのはあってはならないことだ。それにまた芸能者が物貰い物が少ないといって悪口を言っていることもあるようだ。斃牛馬の処理権を持つ穢多《えた》以外の者が村々へ出かけて物貰いをするようなこともあるが、そのような行ないをしてはならない。）

とあり、また幕府は天保《てんぽう》十三年（一八四二）三月二十六日付で、三都に限らず全国に向けて「浄瑠璃《じょうるり》、端唄《はうた》、稽古《けいこ》いたすまじきこと」の触れを発してもいる。

ここには穢多《えた》が商品経済が活発になる中で富を蓄《たくわ》え、それによって実力を蓄《たくわ》え、厳《きび》しく不当な身分を乗り越えてこの世を生きる姿が色々な形をとって出現してきている事実があり、それへの武士、町人、農民の側からの、怨嗟《えんさ》、やっかみの類の誹謗中傷《ひぼうちゅうしょう》が公然と飛び交い始めてもいたのである。

「穢多《えた》非人の類・小屋者・番太など唱える者共三都其外国々在々増長し、人数の莫大《ばくだい》に多く成て平人よりも奢り慢りたる行勢也。」（穢多《えた》・非人・小屋者・番太などという者が三都その他、国々で増長もし、人数も増えて平人よりえらそうにして奢りふけている様子である。）（世事見聞録）

心浮きたつ宵宮《よいみや》

弘化《こうか》三（一八四六）年六月十四日は、山口の祇園《ぎおん》社の季節であった。この年も宵宮《よいみや》はことのほかの賑《にぎ》わいを見せていた。近郷《きんごう》近在からも大勢の参拝客が集まり境内《けいだい》は人、人でごった返していた。境内《けいだい》の空き地の御前座の芝居小屋は、松明《たいまつ》や篝火《かがりび》、灯籠《とうかご》の明かりに照らされて暗い夜空に威風を放って黒々と浮き出ていた。芝居小屋の回りは幟《のぼり》が競い立ち、それが夜風にパタパタと鳴っていた。

他にも境内《けいだい》にはびっしりと見世物小屋が軒を連ねていた。人形浄瑠璃《じょうるり》を演じ物にしている小屋もあれば、奇術、化け物、弓射などの小屋が押し合うように並んでいて、そのいずれもに老若男女《ろうにゃくなんにょ》が群がっていた。それらの小屋の合間合間に食べ物、飲み物を商《あきな》う屋台店があり、そこの床几《しょうぎ》にも人々は群れていた。これといった楽しみとてない日々を生きる人々は、今夜のようなハレの日を思い切り楽しもうとでもしているようであった。とりわけ、凶作《きょうさく》の年、不況の年は、一層祭りは賑《にぎ》わいを見せるとも言われていた。

ここ岐波《しば》村でも屠場《とじょう》の仕事を早目に切り上げて山口の祇園《ぎおん》社に出掛ける者も多くいた。宵宮《よいみや》に出掛けるべく、それぞれに仲間内で連れ立って三々五々、七ツ時には村を出て行った。

伊三《いぞう》とふみ夫婦も若い衆らに乞われて、久助《きゅうすけ》ときくにちせを預けて出掛けるはずであったが、ちせが熱気味でむずかり、ふみは何故か迷いに迷った末にちせの側にいるということで居残った。

伊三《いぞう》たちの足は速く、一刻半あまりで祇園《ぎおん》社の境内《けいだい》に着いていた。その彼らの耳に御前座の木戸の呼び込みの声が、一際高く聞こえていた。それはサビの聞いた声色《こわいろ》で「今、仮名手本忠臣蔵やで」、「今二段目に入ったで、入ったとこやで」と巧みに客を誘い込んでいた。その声につられるかのように、人の流れはひきもきらず木戸口《きどぐち》を通って小屋の内へ入っていっていた。

心を浮き立たせるような松明《たいまつ》と提灯《ちょうちん》の明かりが揺《ゆ》れ、人いきれと時折通り抜ける生暖かい夜風の中で、若衆らは口々に

「まず腹ごしらえや」

「腹減った」

「なんか食わせえや」

とわめきつつ境内《けいだい》に連なる食い物屋の、その内の一軒の床几《しょうぎ》にざあっと腰を下ろした。総勢十一人の連れであった。

酒を飲む者、まず飯を食うもの、この日のためにと貯めていた金をふんだんに使って、与吉《よきち》らは飲み、食い、喋《しゃべ》り、また飲んだ。猛烈な勢いで飲み食いするこの連中の有り様は、床几《しょうぎ》に群れる客の中でもことに異彩を放っていた。伊三《いぞう》がいることもあって、若い衆の与吉《よきち》や孫七《まごしち》や

惣次《そうじ》らは思いきり心を開いているのか、村のこと、屠場《とじょう》のことのあれこれを声高《こわだか》に陽気にしゃべっていた。伊三《いぞう》は少しまずいかなと思いつつ、周りの人間の動向には細心の注意を払いつつ、鷹揚《おうよう》に若い衆らの相手をしていた。

伊三《いぞう》が警戒《けいかい》するごとく、多くの客たちと、店の主のこの群れへの視線にはぞっとするほど冷たいものがあったが、彼らは決して伊三《いぞう》らと視線を合わさぬようにもしているようであった。

小半時、飲み食いして、与吉《よきち》らはすっかり出来上がり店を出た。

後ろで聞こえがしの太い男の声がした。

「験直《げんなお》しじゃ、塩撒《ま》いちょけ」

弾《はじ》かれたように虎松《とらまつ》と孫七《まごしち》が反転して声の方へ突っ込みそうにした、間髪《かんぱつ》を入れず凜《りん》とした伊三《いぞう》の怒声《どせい》がした。

「相手にすな、ほっとけ」

二人を包み込むようにして若い衆らは伊三《いぞう》の後に続いた。

「落人《おちうど》」になぞらえて

伊三《いぞう》は与吉《よきち》と惣次《そうじ》に命じて皆を集めさせた。人込みが少くない見世物小屋から離れた所で、自分をぐるっと囲んだ面々に、真顔で伊三《いぞう》は言った。

「今夜は思いっきり楽しんでええんじゃ、そじゃけど気つけな。わしらをええように思うてない連中の中に居るんじゃちゅうことを忘れなさんな。ちょっとしたことでも、一つでももめごと起こしたら、誰も助けちゃあくれんのじゃで。そこのとこをよう心において、今夜は十分楽しもうじゃないか、なあ」

孫七《まごしち》が足元を少しふらつかせつつ、

「わしらが別もんじゃからか」

というのに、惣次《そうじ》が答えた。

「そうじゃで。さっきの店のもんの目付きからして、気に食わんかったんじゃろうが」

「おまえも気ついとったんか」

と与吉《よきち》は言い、続けて、

「ほなみなここからは、めいめいで好きなようにしようじゃないか。伊三《いぞう》はんが言うように、はめはずし過ぎんようにじゃけどな」

誰にも異存はなく、皆頷《うなず》いた。

「酔いがいっぺんに醒《さ》めてしもたわ」

という佐吉《さきち》の声で、みんなの中に一瞬和《なご》やかな空気が流れ、そして念押しするかのような伊三《いぞう》

の、

「何も、怖《こわ》がることはないんじゃで。心構えだけはしっかり持っときやちゅうことじゃで。何人かつらって見物しようじゃないか。わいは久しぶりじゃから歌舞伎《かぶき》を見る。帰りは皆それぞれにな、ほなら」

と伊三《いぞう》はすたすたと芝居小屋に向かった。その声に励まされて若い衆らも二人づれ、三人づれと分かれて人込みの中へ消えていった。伊三《いぞう》について来たのは与吉《よきち》と文吉《ふみきち》であった。芝居小屋の中は人で埋まっていた。

舞台では、ちょうど三段目に入っていて、流麗な清元《きよもと》「道行旅路花聟《みちゆきたびじのはなむこ》」が流れ、お軽が優雅な踊りを舞っているところであった。舞台上手に裃《かみしも》をつけて座った大夫《たゆう》六人が一体となって勇《ゆう》吉《きち》・弥八《やはち》の弾く華麗な三味線のもと、澄み渡った高い声調の清元《きよもと》は場内に響き渡り、びっしりと詰まった観客を虜《とりこ》にして、しわぶきひとつしない静寂の中に、その艶《つや》やかな声は小屋の隅《すみ》々までに行き渡っていた。

群衆の中にあっても、だれかが自分を注視しているものがいる時、それが敵意の込められたものなのか、或いは好意的なものであるのかに関わらず、たいていの人は五感の働きによってか、それに気付くものだ。この時の伊三《いぞう》が正にそうであった。左の頬に感じる視線の先を追う伊三《いぞう》の目は、薄暗がりに慣れて、突然、見慣れた美しい白い顔がその目の中一杯に飛び込んできた。かねであった。いつから彼女がそこにいて、じっと自分を見つめていたのか、それは分からなかったが、いったんかねの視線を受け止めてしまった伊三《いぞう》には、かき口説《くど》くように激情をほとばしらせて唄い上げていく大夫《たゆう》の声も、もはや耳朶《じだ》を打つ心地よい響きとしか聞こえなかった。すぐ前で舞台に引き込まれている様子の与吉《よきち》と文吉《ふみきち》がいることさえ伊三《いぞう》は忘れ、無防備といっていい心の状態に入っていた。

女の勘か蟲《むし》が知らせるとでもいうのか、かねは伊三《いぞう》が小屋の中に入ってきたその時から、目で彼を追っていた。今夜のかねはもう一年越し情を交わしている、屠場《とじょう》で働く人がよいのが取り柄の二十五歳になる為次《ためじ》と宵宮《よいみや》に来ていた。境内《けいだい》の店屋をのぞき見して廻り、つぼ焼きの屋台店で二人で銚子を四本ほど飲み交わしもした。夏の夜風を入れようとてか、襟元《えりもと》をぐいっと開け、陶然《とうぜん》とした気分で為次《ためじ》を強引に誘って御前座の芝居小屋の中に入ったのは、伊三《いぞう》らが入ってくる半刻ばかり前であった。酔いがまわり始めたのか、かねはすこし舞い上がり加減の心地で、時に為次《ためじ》にしなだれかかりながら、二段目の舞台に見入っていたのだ。そんな為次《ためじ》とかねの振る舞いは、色白の目鼻立ちのすっきりした彼女が、派手な濃いめの絵柄の藍染《あいぞ》め浴衣《ゆかた》を身につけていることもあって、片方のくすんだ様子の男との対比からも、いやでも周りの人間の耳目を欹《そばだ》たせていた。が少し前から、かねの様子は彼女自身も気づかないほどに激変していた。それは伊三《いぞう》の姿を芝居小屋の中で見てしまったことで、彼女の鬱積《うっせき》していた感情の堰《せき》がはじけ飛んで一気にほとばしり始めたからである。

三段目に入って舞台でお軽が艶麗《えんれい》に舞い、豊かな声量とそれにまといつくようなメリハリのきいた三味線の弾きは、そばの男の存在さえも忘れさせて、伊三《いぞう》への思いにパッと火を灯《とも》したのでもあろう。かねはもはや一心に伊三《いぞう》へのみ心を集中させてしまっていた。二人にとっての緊張《きんちょう》の刻が流れていった。芝居はやがて七段目を終えた。撥《は》ね太鼓が打ち鳴らされる中に「明日も御来場のほどを伏してお願い…」云々の口上《こうじょう》が繰り返し流れ、見物衆は引き潮のように小屋の外へ流れ出て行っていた。

この頃には伊三《いぞう》の心情に微妙な陰りが生まれていて、小屋の外へ出たのを見計らって、伊三《いぞう》は与吉《よきち》と文吉《ふみきち》に、

「俺は先に帰るで、二人とも楽しんでこいや。」

と言って、二人には口を挟ませず、くるっと背を向けて歩き出していた。

人込みを縫うように境内《けいだい》を抜け出て、朱塗りの鳥居をくぐり抜け、松並木の参道に続く砂利道《じゃりみち》へ出た。もう人影はまばらで明るい境内《けいだい》との対比で参道は一際《ひときわ》暗かった。

伊三《いぞう》が密《ひそ》やかに心待ちにしていた、心せく足音がサクサクと砂利を踏んで迫って来、止まったと思った瞬間、少し汗ばんだ伊三《いぞう》の右腕に生温かい女の身体がひしっとしがみついた。伊三《いぞう》には懐かしい女の匂いが闇《やみ》の中に流れた。

再びの巡り会いの後、どちらからともなく、かつて二人が人目を忍んで逢瀬《おうせ》を重ねた四十八瀬川の河原に向かった。河原への道々、伊三《いぞう》もかねにもこれといって言うべきことはなかった。かねの、ただ伊三《いぞう》恋しの心の様はその目にも身体にも溢《あふ》れていて、かねの目には伊三《いぞう》しか映っていないようであった。

「あれからもう三年か」

とつぶやく伊三《いぞう》の声に、

「うれしい」

とだけ密《ひそ》やかにかねは答えた。夜の河原にはかつての時と同じに青々と葦《よし》が繁《しげ》り、時おり涼し気な風が川面を渡って葦《よし》をざわつかせ、吹き抜けていった。辺りの静寂を破って、鋭く川面を叩《たた》く魚のはねる音もかつての夜と変わるところはなかった。夏草の草いきれの中で、伊三《いぞう》は乱暴にかねの胸をはだけた。それはわざとそうしているように思えた。襟元《えりもと》に手をこじ入れ豊かな乳房を力づくで握った。伊三《いぞう》はかねの帯をむしり取るようにかねの身体を扱った。かねは軽やかに伊三《いぞう》の扱いに応えていた。草のしとねに乱暴に押し倒《たお》されても彼女はその間も「うれしい」という言葉を唱えるようにつぶやいていた。

伊三《いぞう》はかねの結い上げた髪に無造作に手指を絡《から》ませて彼女を草の上に押さえ付け、女の身体に深く突き入れ、かねの尻を抱えこんで両脚を高くあげさせた。夜目にも白くきれいなかねの両脚はピーンと伸ばされたまま、つま先を反《そ》らせて揺《ゆ》れていた。

伊三《いぞう》の吐く息がかねの襟足に吹き付けられる度に、かねが一層身体をくねらせる様は、伊三《いぞう》にはたまらなく可愛い気に見え、また深く腰を突き入れた。やがて二人は静かに横たわり、かねは乱れた髪をすき上げながら、伊三《いぞう》の胸に顔をのせていた。「うれしい」と恥ずかしそうにつぶやいて、男にまたひしっとしがみついた。かねのこの折の心は、

「うちはもう絶対この人を離しゃせん」

というものであった。二人は指を絡《から》ませあって火照る身体を寄せ合いながら、飽かずに夜空を見上げていた。

伊三《いぞう》とかねの逢瀬《おうせ》は一度堰《せき》を切ってしまった流れのように、この夜を境に絶ゆることなく人目もはばからず続いた。

伊三《いぞう》は屠場《とじょう》内では一番の働き手として組頭《くみがしら》の清兵衛《せいべえ》からも重用《ちょうよう》されるようになっていた。まだ年は若かったが、仕事振りからも屠場《とじょう》の男たちから一目《いちもく》置かれるようになっていて、班長に指名され、一層仕事上でも頭角を現していた。

長屋のかねの家に出入りする伊三《いぞう》の振る舞いは、狭い村の中でたちまち人の口の端《は》に上るようになり、やがて他の班長からも伊三《いぞう》に自重《じちょう》を促す者も出てきていたが、伊三《いぞう》はそんな折りにもはっきりした返事をしなかった。

伊三《いぞう》は自分の気持ちを計りかねていた。ふみを嫌いになった訳ではなく、生まれたばかりのちせを抱き締めてあやしている時にも正直娘が可愛いと思っていた。

仕事を終えて長屋に帰りついてふみが格別自分に対して気配りをしている様が手に取るように分かり、それがまた伊三《いぞう》を依怙地《いこじ》にさせていた。人が人を嫌いになっていくのは、決定的に何かがあっての場合もあるだろうが、往々にして何気ない仕草の積み重ねが、その感情を動かし難いものにしていってしまう場合もあるのだろう。伊三《いぞう》の場合が、まさにそれに当てはまっていた。

幼子を懸命《けんめい》に育てている女房《にょうぼう》の姿を目にする度《たび》、別に嫌いになったわけではないのだがと思う心が湧《わ》いてきていて、伊三《いぞう》はそんな心の揺《ゆ》れを抱えたまま、家の中でふみと向き合っていることに息苦しさを感じ、「出掛けるで」といってふみの否《いな》やを問うこともなく家を出ていくことが重なった。

一方、ふみは何故急に伊三《いぞう》が自分に邪険《じゃけん》にするのかを理解しかねていて、様々に気を配って尽くした。そうすればそうするほど男の心が離れていっているのを直《じか》に感じ取っていた。男を取り戻しようがなくて、男の心を止めようがないと絶望的になっていた。誰かに助けを求めることも考えない訳ではなかった。母のきくにすがりつきたい気持ちを精一杯抑えて、頑張ろうとしていた。だいぶに年老いた母に家の愚痴は一切知らせたくはなかった。それだけにふみの心は千々《ちぢ》に乱れて、一日一日が地獄《じごく》の苦しみであった。伊三《いぞう》と向かい合っていてもぎこちなく、まともな会話は一つとしてなかった。どうしたら伊三《いぞう》と元のように打ち解けた間柄になれるのか、手のうちようがないと思い、途方に暮れていた。

夫が「出掛けるで」と家を後にする時、思い切って引き留める言葉の一つもかければよいのに、と自分でも自分のことをはがゆいと思うのだが、そんな折り、ふみは普通には振る舞えず、ぎこちない硬い表情で黙って見送ることにしていた。

伊三《いぞう》が出ていった後、幼子のちせをあやしつつ過ごす夜の生活は、ふみを一層滅入《めい》らせ、娘をあやしつつ頭を駆け巡るのは、伊三《いぞう》が今、別の女のところで、どう過ごしているかの場面であり、そう思う自分がいやになり、気も狂いそうになる何刻かをふみは毎晩のように過ごすことになった。

長屋の女連中の共同炊事場などでの自分への接し方でも、ふみは追い詰められていた。噂《うわさ》が噂《うわさ》を呼んでいるのだろう、自分がそこに姿を見せると、ピタッと話は止んだ。わざとらしい女達の会話も、肌を刺す痛みになってふみに返ってきていた。そんな中でも、季節は移り過ぎ、秋も深まった十一月末の肌寒い頃、ふみは追い詰められて自分から生命を断《た》とうとした。

夜、納屋《なや》の中でふみは屠場《とじょう》内で使う刃物で左の頸動脈《けいどうみゃく》を切り、左手首も切った。力が及《およ》ばなかったのか、血の海の中でうめきもがいているのを伊三《いぞう》が見つけ、組頭《くみがしら》の所へ使いを走らせた。

組頭《くみがしら》の差配《さはい》で普通では診てもらえる筈《はず》もない蘭方医《らんぽうい》が駆けつけ、その治療で辛《かろ》うじて一命をとりとめた。幼子の世話をすることもあり、きくが当座伊三《いぞう》宅に泊まり込み、ふみの看病にあたった。自殺ということで咎《とが》めを受けるところであったが、組頭《くみがしら》の差配《さはい》もあってこの件で伊三《いぞう》に対しては何らの咎《とが》めを受けることはなかった。順調《じゅんちょう》に回復に向かったふみの首は筋が切れたままになったのか、かたげになった。左手首も十分に曲がらないままであった。伊三《いぞう》にとって、首がかたげになり、左手が不自由になったふみと暮らしを共にする毎日は、暗黙の裡《うち》に責められているのと同じ状態に置かれていた。

さすがの伊三《いぞう》もかねとの逢瀬《おうせ》は控えざるを得なかった。村の連中の折に触れての伊三《いぞう》ふみ夫婦とかねに関する噂《うわさ》は跡を断つことはなかった。伊三《いぞう》もふみもそしてかねもそれぞれが、その試練に耐えていた。

この年もまたこのようにして暮れていった。

天然痘《てんねんとう》

嘉永《かえい》元（一八四八）年四月中旬、伊三《いぞう》とふみの間に次女のまつが生まれた。自殺まで敢行《かんこう》した女房《にょうぼう》との間に新たに子供が生まれるというのも、男と女の奇妙な関わりのなせるわざだと思う。人間にとってのこの上ない不幸はいつの場合もなんの前触れもなく人々の上に襲いかかってくるものだ。それゆえに不幸なのだともいえるのではなかろうか。

この年の暮れ、十二月に入ってすぐに、村の子供達、それも幼い子供達が次々と高熱に冒され、全身に赤い発疹《ほっしん》が浮き出て、一昼夜を経ずして、やがて身体全体が黒ずみ死んでいった。天然痘《てんねんとう》である。村の世話役の女たちは、元気な子供達が天然痘《てんねんとう》を患《わずら》った子供達のそばに近づくのを極度に神経を高ぶらせて、阻止《そし》した。漢方医の医師の指示により、恐ろしい病気だということ、すぐにも伝染するということで彼女らは必死に看病した。にもかかわらず、幼子たちはあっけなく死んで行く。その多さに改めて医師の言う通りに従おうと必死になっていたのだ。患者の身につけているものを着替えさせる時は、思いっきり煮沸《しゃふつ》するとか、絶対に外気に当てるなとかの指示を守って必死に看病したが、その甲斐《かい》もなくたった一週間余りの間にこの村だけで十二名もの犠牲者を出した。

ちなみに同じようにこの暮れ、萩《はぎ》城下の菊屋町の自宅の十歳の高杉晋作《たかすぎしんさく》も天然痘《てんねんとう》にかかったが、藩士《はんし》の上士《じょうし》の家に生まれた彼には、蘭法医師の青木周弼《あおきしゅうすけ》とその弟研蔵《けんぞう》が診察に立ち会い、手厚い治療を施したこともあって、彼は一命をとりとめている。仮に万金を積まれたとしても、蘭方医が穢多《えた》村の天然痘《てんねんとう》に罹《かか》った幼い子らの診察はおろか治療に手を貸すことは絶対考えられなかった頃の話である。身分差別の怖《こわ》さとは実はこういうところのことを指すのではなかろうか。

正しい診断と治療方法が施《ほどこ》されれば、生命をつなぎとめることができたものを、それが身分を隔てる厳《きび》しい戒律《かいりつ》のために、あたらむざむざと生命が奪われていったのである。ふみの嘆きはすさまじいものがあった。まつの看病に一睡もせず、我が子が亡くなった瞬間、ひからびてそれでなくても小さくなった亡骸《なきがら》をひしと抱きしめて決して離そうとしなかった。周りの者が、いくら説得しても、我が子を離そうとせず、最後には伊三《いぞう》がふみの頬にビンタをくれ、力づくでふみの腕を振りほどいて亡骸《なきがら》を取り上げる始末《しまつ》であった。

その瞬間のふみの伊三《いぞう》に向かって吐いた「鬼!」の言葉に、周りを囲んでいた村の女たちは粛然《しゅくぜん》と静まり返ったし、夫伊三《いぞう》を睨《にら》みすえるふみの鋭い眼差《まなざ》しの凄《すご》さに皆は怖《こわ》いと感じたほどだった。

娘の土葬《どそう》を済ませてからも一ヶ月余り、ふみの落ち込みは尋常ではなかった。ふみがこのまま倒《たお》れてしまいはせぬかと心配して母のきくは伊三《いぞう》宅に泊まり込むほどであった。人々の上にこの上ない不幸をもたらしたこの年も暮れていった。

IV

高須久子《たかすひさこ》の恋

萩《はぎ》の城下、土原馬場町に屋敷を構えた高須《たかす》家は三百十三石余りの大組《おおぐみ》であった。高須五郎《たかすごろう》左衛門《ざえもん》の娘久子《ひさこ》は、同じく大組《おおぐみ》出身の宍戸潤平《ししどじゅんぺい》の子、市三郎を養子に迎え娘二人をもうけた。市三郎は弘化《こうか》三（一八四六）年十月病死した。そこで大組《おおぐみ》児玉小太郎の子彦次郎を長女の養子として家督《かとく》を継いだ。彦次郎が十四歳ということもあって、実家から藩校明倫館《めいりんかん》に通うことが多く、実質高須《たかす》家は久子《ひさこ》の実母と当人と娘二人で女世帯の感を呈していた。

当主の死後、高須《たかす》家では倹約《けんやく》に徹し、日給銀一匁《もんめ》にはなる木綿賃挽《もめんちんび》きの内職をするなど、質素に暮らしていた。久子《ひさこ》は生まれつき陽気で、三味線好きで夫の死後はこれが一層昂《こう》じて、浄瑠璃《じょうるり》、京歌、チョンガレに夢中になり、「流行歌《はやりうた》」の世界へのめり込んでいった。久子《ひさこ》は、祭りの日など必ず境内《けいだい》に小屋が建った御前座の興業には、実母に叱られながらも必ず見物に馳《は》せ参じた。もともと三味線にことのほか造詣《ぞうけい》の深かった久子《ひさこ》は、御前座の舞台で見事に三味線を弾きこなす弥八《やはち》と勇吉《ゆうきち》には特に関心を示し、贔屓《ひいき》するようになった。

藩の中核をなす大組《おおぐみ》の出の者が、芸能村の穢多《えた》の者と交わりを持つことが、とてつもない罪《つみ》となることは十分に承知していたが、三味線の世界に比すれば、久子《ひさこ》の中でそれは小さなものとなっていた。

自宅に来客のない時を見計らって、弥八《やはち》や勇吉《ゆうきち》を呼びにやらせるようにまでなっていた。そのような時にも、穢多《えた》の者を居間に上がらせるなどは法度《はっと》として禁じられていたが、彼女は彼らを居間の縁に腰掛けさせ、三味線を弾かせるなどをしていた。こんな折には母も娘も女中のまちらも同席し、見物に興じていた。酒を振る舞う際にも、久子《ひさこ》は茶碗《ちゃわん》類を平民同様のものを使わせた。女中のまちなどはその扱いにびっくり仰天《ぎょうてん》したが、主《あるじ》の命であり、弥八《やはち》や勇吉《ゆうきち》が訪《おとず》れて来た所にも取り立てて別様のものを用いるということはしなかった。久子《ひさこ》の弥八《やはち》や勇吉《ゆうきち》への対し方は、ことがばれれば世の中の戒めを公然と破る違背《いはい》する行為であったが、久子《ひさこ》には違背《いはい》することよりも、二人を人間として遇する気持ちが、初めからあった。当然弥八《やはち》と勇吉《ゆうきち》にも高須《たかす》家に呼ばれることはどこの贔屓《ひいき》筋に呼ばれるよりも心楽しいものであったから、呼ばれた日々全身全霊を打ち込んで三味線を弾き、歌を唄った。人として見てくれているというのを彼らは肌で感じていた。

そうこうするうちに、嘉永《かえい》二（一八四九）年の六月二十七日の住吉《すみよし》祭の日、弥八《やはち》と勇吉《ゆうきち》は恒例の御前座の興業を終えた。五ツ半頃、芝居小屋の舞台裏に高須《たかす》家の女中まちが訪《たず》ねてきた。

「奥様からのご伝言でございます。お疲れのところ申し訳ございませんが、是非《ぜひ》とも今宵いつものように当家にお出《い》でいただきたいとの申し出でございます」

丁寧《ていねい》な申し入れに勇吉《ゆうきち》は即座に答えた。

「なんのなんの、いつもいつもご贔屓《ひいき》に預かりお礼の言葉もありません。夜も更《ふ》けてまいりましたが、それでは少しの合間となりますが、きっと寄せていただきます」

傍《かたわ》らにいた弥八《やはち》にも異存がなく、二人は身支度《みじたく》もそこそこに女中まちの後に従った。門前に明かりの入った祭りの提灯《ちょうちん》がそこここに掲《かか》げられている土原馬場丁辺《あた》りの屋敷町の一隅《ひとすみ》にある高須《たかす》家の門前をくぐったのは四ツを少し回っていた。久子《ひさこ》は丁寧《ていねい》に出迎えた。出迎えられた際に異例のことで二人が当惑したのは、久子《ひさこ》が祭りだからといって、二人を座敷《ざしき》に招じ入れたことであった。すぐに、女中に言い付けて冷や麦を用意させた。今夜は住吉《すみよし》祭ということで酒も少し出させた。それらすべてのもてなしが、勇吉《ゆうきち》と弥八《やはち》を感激させた。二人がこのように藩士《はんし》の出の者から人として遇されることは望外のことであったからである。心に滲《し》みるように二人は酒を味わい、その冷たさが舌に心地よい冷や麦を本当においしく味わい、やおら姿勢を正して三味線を弾き始めた。

その音色は、人が弾くものであり、その弾き手の目の前がパアッと大きく広々と聞ける境地でつま弾くのだから、今夜の音色《ねいろ》はひときわ冴《さ》えわたるのもむべなるかなであった。凜《りん》と端座《たんざ》して三味線を弾く勇吉《ゆうきち》の顔も火影《ほかげ》に揺《ゆ》れて、ひときわりりしい男ぶりであった。勇吉《ゆうきち》の、時にかきくどくように歌う浄瑠璃《じょうるり》の口説《くど》きを久子《ひさこ》は、今宵は我に向かって放たれているようにも聞き入っていた。この時の久子《ひさこ》は、勇吉《ゆうきち》の弾く三味線に心も身体も底から揺《ゆ》すぶられる様であった。九ツ過ぎ勇吉《ゆうきち》と弥八《やはち》は心持ち疲れを覚えながら、高須《たかす》家を辞《じ》した。夜風が心地よかった。勇吉《ゆうきち》にとっても久子《ひさこ》にとってもこの夜は特別な出会いとなる刻でもあった。それは厳《きび》しい運命に翻弄《ほんろう》される二人の未来を予測させることでもあった。

この時を境に久子《ひさこ》の勇吉《ゆうきち》への接し方には様々《さまざま》な戒律をあえて破るもののようであった。ある時、勇吉《ゆうきち》が高須《たかす》家を辞去《じきょ》する時に久子《ひさこ》は次のように告げた。

「勇吉《ゆうきち》さん、これからは青竹に白足袋を吊《つ》り下げたのを背戸《せど》に立て掛けておきますから、その折には私が家の中にいると承知していただいて、遠慮なく家に入ってきて下さい。女中のまちも委細《いさい》承知していますので、そのようになさって下さいましね」

この申し出には初め勇吉《ゆうきち》は耳を疑ったほど驚いた。久子《ひさこ》の表情からそれがからかっているのではないことを知り、有り難い話なので、即座に承知した。

この後は勇吉《ゆうきち》はうれしさも伴って、しばしば高須《たかす》家を訪《おと》ない、背戸《せど》に立て掛けてある青竹の先に目をやり、そこに白足袋が吊《つ》るしてあるのを見つけた時には、そのまま高須《たかす》家の門をくぐって縁先《えんさき》に回るようにしていた。その時には約束通り、久子《ひさこ》は必ずそこにいた。

三味線をつま弾くのに、時には久子《ひさこ》も自らの三味線を持ち出し、勇吉《ゆうきち》に教えを乞《こ》うこともしばしばあった。普通では穢多《えた》の勇吉《ゆうきち》が上がることなど、考えられないのであったが、二人の間ではその戒めは雲散霧消《うんさんむしょう》しているかのようで、自然な形で勇吉《ゆうきち》は座敷《ざしき》に上がり、久子《ひさこ》の背後から横座りに三味線を構えている久子《ひさこ》の棹《さお》に指をかけている、その指に触《さわ》ることをしていた。

このような場面を仮に、他人が見たならば、驚天動地《きょうてんどうち》の体をなすだろう場面であった。

季節は夏に入っていて、こんな折勇吉《ゆうきち》は久子《ひさこ》の背から三味線の手ほどきをしている時、藍染《あいぞ》めの浴衣《ゆかた》に身を包んだ女盛りの久子《ひさこ》の肌のぬくもりを浴衣《ゆかた》越しに我が胸に感じ、悩ましい気持ちに駆《か》られることも、一度や二度ではなかった。久子《ひさこ》もこのような場を望んでいる様子であった。

八月に入った蒸し暑い夜、いつものように勇吉《ゆうきち》は三味線を抱えて高須《たかす》家の門をくぐった。この日は朝から風が強く、生温かい風が吹き抜けて雨もよいで一層蒸す陽気であった。一荒れしそうな雲行きであった。

「こんばんは。少々荒れ気味の塩梅《あんばい》ですが、また寄せていただきました」

縁先《えんさき》に回った勇吉《ゆうきち》の聞きようによれば言い訳がましい挨拶《あいさつ》も、久子《ひさこ》は大層喜んでいそいそと勇《ゆう》吉《きち》を出迎えた。

「なんの、こんな日だからこそようお出掛けになって下さいました。どうぞお上がりになって下さい。本当にこんな日だからこそお待ちしていたんですよ」

喜々《きき》として久子《ひさこ》は女中に命じ、すぐに夜食の支度《したく》を促《うなが》していた。この頃にはこういう接遇は当たり前のようになっていた。手際よく用意された箱膳《はこぜん》の夜食をいただきながら、芝居にかかわる世間話に打ち興《きょう》ずるのもまたいつものようであった。

「御前座の方、秋祭りを控えてさぞお忙しいのでしょうね」

と久子《ひさこ》は手にしたうちわで静かに勇吉《ゆうきち》に風を送りながら尋ねた。勇吉《ゆうきち》はさもおいしそうに夜食をいただきつつ、久子《ひさこ》の問いに答えた。

「秋祭りの演《だ》し物《もの》がこの間やっと決まりました。それへの稽古《けいこ》がやっと波に乗り始めたところです」

灯心に揺《ゆ》れる明かりの中で、一層艶然《えんぜん》とした風情《ふぜい》の久子《ひさこ》は、

「もうお決まりになったのですか。それは楽しみなことです。それでこの秋の演《だ》し物《もの》は」

「曾根崎心中《そねざきしんじゅう》です」

「いつもは義経千本桜《よしつねせんぼんざくら》なのにこの秋は違ったのですね」

「そうなんです。小屋主の話じゃと客の好みに合わせて決めたんじゃそうで、特に今年は世話物《せわもの》をしてほしいとの声が大きかったんじゃというてました」

「勇吉《ゆうきち》さんは今迄に世話物《せわもの》の演《だ》し物《もの》をやったことがおありなんですか」

「一度、四、五年前につとめさせていただいたことがありますので」

このような対話をすることが久子《ひさこ》にはことのほか楽しくて仕方がないという様子であった。

そんな折の久子《ひさこ》は藍染《あいぞ》めの浴衣《ゆかた》のせいか、色白の顔がひときわ若やいで美しく炎に映《は》えていた。

外は俄《にわか》に雨風がきつくなった様子だったが、それがかえって久子《ひさこ》の気持ちも勇吉《ゆうきち》の気持ちも駆《か》き立てるようであった。久子《ひさこ》は一層明るい声で、

「勇吉《ゆうきち》さん、また手ほどきをお願いします。少しは上達したかしら、見てほしいのです」

自然と媚《こ》びる姿態《したい》になり、久子《ひさこ》は勇吉《ゆうきち》を促すように三味線を構えた。この夜の二人は妙に気が高ぶっているかのようで、いつもよりは熱の入った稽古《けいこ》になった。時が過ぎれば勇吉《ゆうきち》が帰れなくなることをお互いに承知しつつ、時の経《た》つのを忘れたかのように三味線に興《きょう》じていた。襖《ふすま》の向こうに女中のまちが、静かに膝《ひざ》をつき、

「奥様、もうだいぶ夜も更《ふ》けましたし、外の雨風もきつうございます。どういたしましょうか」

と問うた。まちの言葉がおおいなる助け舟のように久子《ひさこ》は素早《すばや》く答えた。

「こんな嵐にお帰しすることは、出来ませんわ。窮屈《きゅうくつ》でしょうが、今夜は泊まっていって下さい」

と勇吉《ゆうきち》に言った。自分の置かれた立場を考え混乱した考えの中で、勇吉《ゆうきち》は久子《ひさこ》の優しく誘う眼差《まなざ》しに応えて、

「それではご迷惑をおかけしますが、そのようにお願いいたします」

と答えていた。久子《ひさこ》はすぐにまちに座敷《ざしき》の隅《すみ》に夜具《やぐ》を敷きのべるように指図《さしず》していた。久子《ひさこ》に

とっても女中のまちにとっても、穢多《えた》の者を藩士《はんし》の家でそれも座敷《ざしき》に泊まらせるなど破天荒《はてんこう》なことであったが、事態はそのように自然に流れていっていた。

泊まるということになって安堵《あんど》したのか、それから一刻ばかり久子《ひさこ》は勇吉《ゆうきち》に乞《こ》うて三味線を弾くようにせがんだ。勇吉《ゆうきち》が弾く三味線の流麗なつま弾きの音が夜更《よふ》けまで夜の屋敷の中を静かに流れていった。稽古《けいこ》が一通り済んだ後、久子《ひさこ》は自ら立って酒の支度《したく》をした。恐縮する勇吉《ゆうきち》にこんな夜は又とないんですから、それに特別に遅くまで稽古《けいこ》をつけていただいて、せっかく泊まっていっていただけるのだから、心ばかりのおもてなしだと言って、しきりに酒を勧めた。勇吉《ゆうきち》はおしいただくようにして杯《さかずき》を重ね、重大決心をして、銚子《ちょうし》を取って、

「奥様もおひとつどうですか」

と勧めた。久子《ひさこ》は思い切りよく明るく、

「ありがとう、お酌《しゃく》をしていただくなんて」

と杯《さかずき》を差し出した。勇吉《ゆうきち》は久子《ひさこ》の白い手とつややかな二の腕が目の前にあるのに気圧されながら酌《しゃく》をした。その後、勇吉《ゆうきち》がびっくりする所作《しょさ》を久子《ひさこ》がした。杯《さかずき》を飲み干すと「ご返杯、どうぞ」といってその杯《さかずき》を勇吉《ゆうきち》に勧めたのだ。

穢多《えた》の者に食を供する時には茶碗《ちゃわん》類までを替えるのが世の中一般の習わしの中、藩士《はんし》の身の者が口をつけた杯《さかずき》を返杯と差し出すなどは、天地がひっくりかえるほどのことに思えた。久子《ひさこ》

は一連の勇吉《ゆうきち》への振る舞いで終始分け隔てせぬように、ごくごく当たり前に振る舞っていた。それがまた勇吉《ゆうきち》の久子《ひさこ》への気持ちを揺《ゆ》さぶっていた。

〝世の中にはこんな人もいるのだ〟

というのが正直勇吉《ゆうきち》のこの時の気持ちであった。

西風が激しいので、縁側の雨戸を閉め切ったために部屋の中は蒸せ返るほど暑く、その上酒を重ねたために汗みどろになっていたが、勇吉《ゆうきち》は心地良い中で敷かれた夜具《やぐ》に身を横たえて眠りについた。頭の中を久子《ひさこ》のあでやかな優しい姿が駆《か》け巡っていたが、いつか寝入っていた。勇吉《ゆうきち》にも久子《ひさこ》にも二人の間を一挙に別の世界へ誘う契機になる夜であった。夜半、勇吉《ゆうきち》は喉《のど》に渇《かわ》きを覚え、目覚めた。真っ暗な闇《やみ》の中で、瞬間、勇吉《ゆうきち》の五体に緊張《きんちょう》が走った。傍《かたわ》らに肌のぬくもりが伝わるぐらいのところに、久子《ひさこ》が横たわっていた。それも気配《きくば》りで久子《ひさこ》は寝入らず起きている様子であった。勇吉《ゆうきち》の目覚めを察してか、久子《ひさこ》がひそやかに尋ねた。

「お水ですか」

久子《ひさこ》は起き上がり暗い中を勝手知ったる我が家なのか、すっと土間に行き、水甕《みずがめ》から水差しに一杯汲《く》み取り、また暗闇《やみ》の中を勇吉《ゆうきち》の元に戻って来た。久子《ひさこ》が動くたび、暗闇《やみ》の中にかすかな甘い香りが辺《あた》りに漂った。勇吉《ゆうきち》にはそれが久子《ひさこ》と身近に接する時に嗅《か》いだ彼女自身が発する匂《にお》いだと思った。

「どうぞお飲みになって」

夜具《やぐ》の上に体を起こして座っている勇吉《ゆうきち》の顔の前に、久子《ひさこ》は水差しを差し出した。

「ありがとうございます。いただきます」

と受け取り、勇吉《ゆうきち》は一気に飲み干した。冷えた水は何物にも替えがたく、おいしいと思った。暗闇《やみ》の中に白くぼやけて見える久子《ひさこ》が言った。

「まだお飲みになりますか。寝覚めの水はほんとうにおいしいですものね」

と言い、久子《ひさこ》はまた静かに立っていった。勇吉《ゆうきち》は二杯目も本当においしいと思った。

「まだ」

と久子《ひさこ》は少しくだけて媚《こび》を含んだ調子で問いかけた。

「いや」

と勇吉《ゆうきち》も久子《ひさこ》の口調《くちょう》につられるように慣れ親しむ調子になって答えた。

寝しなには激しかった雨風もこの時には風がおさまり、小降りになった雨音だけが聞こえていた。座敷《ざしき》は一層静けさが支配していた。それを破るように勇吉《ゆうきち》は久子《ひさこ》に語りかけた。

「奥様はお休みにならなかったのですか」

「はい、妙に高ぶって横になっていましたが、眠らなかったの。ご迷惑だったかしら。あなたの側に添い寝などして、はしたないことをしました」

恥じらいを含んだ言い回しを勇吉《ゆうきち》はとても可愛らしいと思った。

「勇吉《ゆうきち》さんはよくお休みでしたよ。もう七ツ半に近いですから、かれこれ四ツ時ゆっくりとお休みでしたよ。それをわたしが起こしてしまったみたいですみません」

「いえいえ、奥様がずっと起きていらっしゃったことなどちっとも知りませんで、こちらこそ申し訳ないです」

久子《ひさこ》は勇吉《ゆうきち》を思いやって、

「いったん目が冴《さ》えてしまうと、寝付かれないものですね。もうすぐ夜が明けますけれど、少しお話ししましょうか」

「はい」

と勇吉《ゆうきち》は答えて、夜具《やぐ》から離れようとしたが、久子《ひさこ》はそのままでと押しとどめた。不思議な縁で結ばれた男と女が真夜中に話し合うということになった。

勇吉《ゆうきち》が久子《ひさこ》と出会ってから、不思議に思ってきたことを問い糺《ただ》す形になって、彼から話の口火を切った。

「こんなことをお聞きするものではないと思いつつ、どうしても解《げ》せぬ点があり、それを奥様にお尋ねしておきたいと思います」

「どういうところが解《げ》せぬのですか」

「今もそうですが、私どもは穢多《えた》と言われ特別に扱われもしております。このように奥様のお宅に寝泊まりすることも、お上に知れたら大変なお咎《とが》めを受けます。そんなことにもなれば、こちら様にも大変なことになりますのに、何故そうまでして、私どもにご親切になさるのか、それが分かりません」

「そうですか。勇吉《ゆうきち》さんもそう思われますか。勇吉《ゆうきち》さんや弥八《やはち》さんを自宅にお招きするようになってからこっち、母からも、女中たちからも、一つ一つのことについて今あなたが仰言《おっしゃ》ったと同様のことを言われてきました。確かに今までのことが公になれば、きついお咎《とが》めを受けることになるだろうこともよく承知しています。あなたのお尋ねの答えになるかどうか分かりませんが、私はこう思っているのです。

あなたやあなたと同じ境遇《きょうぐう》の人たちも皆同じ人なのだと。ですからお付き合いをさせていただくのに、そこに分け隔《へだ》ては初めからいらないと私は考えていますので、ごくごく当たり前に平民同様にと接してきたのですよ」

全く別の世界の人間がいうことだとまで感じて、それが現実のことなのか、夢の中のことなのかを確かめたくて、今一度久子《ひさこ》に話しかけた。

「この年になるまで生きてきて、幼い頃から思い知らされてきたのは、着る物、食べる物、人と話すのも私どもと違う人と全て分け隔《へだ》てがあって、それが当たり前なのか、世の中の仕組《しく》みだと教え込まれてきました。正直、なんでこんな目に遭《あ》わされるのかと疑いを持ったことも、一つや二つではございません。それでも二十《はたち》を過ぎる頃には半ば諦《あきら》めもしてきました。生まれついたところが悪いとそう自分を思い込ませてきました。三味線の世界に生きていてもそう思う日々が続いていました。それが奥様とお会いして、そのもてなしを受けるたび、うれしいとは思いましたが、怖《こわ》いとも思ってきました。初めはからかわれているとまで感じたものです。そりゃそうですよ。まさか私どもを人として扱うお人がこの世にいるとは思いませんからね。座敷《ざしき》に上げて下さる。飲み食いに皆さんと同じ器を使って下さる。今夜かて私が口をつけた杯《さかずき》に奥様がそのまま口をつけて飲んでいただく、みんな絵空事のようで怖《こわ》いんですよ」

闇《やみ》に慣れた目の中で久子《ひさこ》はいつもと変わらない落ち着いた様子で、ゆっくりと振る舞っているのが、勇吉《ゆうきち》には今話していることが現実のことなのだ、夢ではないのだと思わせた。久子《ひさこ》はゆったりとした落ち着いた声色《こわいろ》で喋《しゃべ》り始めた。

「多分、勇吉《ゆうきち》さんたちが、私があなた方に接していることを不審に思っているだろうなということを私は感じていました。私は世間に疎《うと》い方ではありませんので、あなた方をどう見ようか接するにはどうしろとか、それに違背《いはい》すればどうなるのかも重々承知しています。それでも、勇吉《ゆうきち》さんたちとお付き合いするのに、人としての道に外《はず》れたことはできないと思っているんですよ。いつかこのことが知られればお咎《とが》めを蒙《こうむ》るだろうなということも分かっているんですよ」

勇吉《ゆうきち》は感極まってしばらくは言葉を発せない様子であったがようやく、

「奥様の仰言《おっしゃ》ることに疑いを持った私をどうぞお許し下さい。今日までの私どもへの接し方にそこまでのお覚悟をなさってのこととは、露《つゆ》知らず申し訳ありませんでした」

勇吉《ゆうきち》は夜具《やぐ》から離れ、畳に頭をつけて久子《ひさこ》に深々と礼をした。久子《ひさこ》はそんな勇吉《ゆうきち》の手を取って面《おもて》を上げさせた。真夜中の一室で男と膝《ひざ》突き合わせる形で男の手を取る振る舞いは、久子《ひさこ》にも勇吉《ゆうきち》にもとてつもない行いであったが、勇吉《ゆうきち》は温かい久子《ひさこ》の掌《てのひら》の温《ぬく》もりを感じつつ、ようやく白み始めた中で浴衣《ゆかた》姿の久子《ひさこ》全体をこよなく美しいものと感じて、心は洗われるように爽《さわ》やかであった。久子《ひさこ》も勇吉《ゆうきち》に己《おのれ》の心を打ち明けた後の爽快感《そうかいかん》からか、勇吉《ゆうきち》の手を懐《なつ》かしむように握っている自分に安心しきっているようであった。

この夜半の二人の対話によって、この後、久子《ひさこ》と勇吉《ゆうきち》の間には世俗の垣根を越えた者同士という解放感に裏打ちされた、男と女の本当に理解し合えた者だけが感じる信頼感に根差した付き合いが続いていった。やがて二人の間のことが、公になり、苛酷《かこく》な刑罰を受けることになっても、二人の間に築かれた信頼は壊されることはなかったのである。

久子《ひさこ》と弥八《やはち》の出会い

嘉永《かえい》三（一八五〇）年の弥生《やよい》三月も末のある日の夕方、いつものように勇吉《ゆうきち》は久子《ひさこ》を訪《たず》ねた。あの八月の嵐の夜の邂逅《であい》以来、勇吉《ゆうきち》と久子《ひさこ》の間には微妙な変化が生じていて、信頼し合える仲といった雰囲気《ふんいき》が二人の間での会話からも醸《かも》し出されるようになっていた。しかし当時の世情からは、穢多《えた》身分の勇吉《ゆうきち》と武士階級出の女房《にょうぼう》とがごく当たり前に人としての交わりを行うことさえもが、乱法の所業《しょぎょう》と映ったことであろう。

この夕べ、勇吉《ゆうきち》は甥《おい》の弥八《やはち》という者を伴っていた。勇吉《ゆうきち》の言葉で、

「この者は私めの甥《おい》にあたり弥八《やはち》といいます。私同様御前座で下座音曲を務《つと》めておりまして、一度奥様にこの者の三味線のバチ捌《さば》きと、歌の妙味を見知っていただきたく今夕は伴って参りました。どうぞよろしくお願い申し上げます」

と言われて弥八《やはち》を一瞥《いっべつ》した久子《ひさこ》は、その一瞬身体の中に震えが走った。目の前の弥八《やはち》という男がふるいつきたくなる美しい男であったからではなく、熟《う》れきった女としての嗅覚《きゅうかく》で、そこに男を感じたからである。我にも無くうろたえて久子《ひさこ》は頬を染め、弥八《やはち》に語りかけた。

「そなたは勇吉《ゆうきち》があのように誉《ほ》めそやすのだから、よほど三味線の名手なのでしょう、早く聞かせてください」

弥八《やはち》は勇吉《ゆうきち》から聞かされていたせいもあって、久子《ひさこ》に対して安心して心を開いて親しみを込めて答えた。

「叔父貴《おじき》が言うほどのことはございません。奥様が大層、三味線にお詳しいとかで、今からそのお人の前で弾くのかと思って堅くなっております」

和《なご》やかな雰囲気《ふんいき》の漂う中で、座敷《ざしき》に上がるように促されて、勇吉《ゆうきち》と弥八《やはち》は遠慮せず座敷《ざしき》に座った。やがて主の女主人のたっての所望《しょもう》で、心中物、「天《てん》の網島《あみじま》」の一節の浄瑠璃《じょうるり》の弾き語りを始めた。この頃にはよく、勇吉《ゆうきち》を招いての三味線の披露《ひろう》には、女中のまちも下男の市郎次は勿論、久子《ひさこ》の母、うめのなどが久子《ひさこ》の左右に居並んで聞くようにはなっていた。

なにかしら吹く風も生温かく、なまめかしく気怠《けだる》いこの三月末の夜も、そのようにして高須《たかす》家の人達は女主人を囲んで、「天《てん》の網島《あみじま》」に聞き惚《ほ》れていた。美しい男が、歌の世界の伝兵衛《でんべえ》になりきって掻《か》き口説《くど》くように歌う浄瑠璃《じょうるり》の世界に聞く者皆が引き込まれていた。久子《ひさこ》も弥八《やはち》の歌う姿に魅入られたように身じろぎもせず聞き入っていた。弥八《やはち》の真剣な姿形と、たくまざる美声と歌にまといつくように弾き鳴らされる三味線の音には、女の心を掻《か》き立て惑わせるものが感じられた。

この夕べ、久子《ひさこ》は妙に浮ついて、華やいで見えた。一曲が済めばまた次と久子《ひさこ》はせがみ、とうとう今夜も二人を泊まらせるはめになってしまった。今から思えばあえて久子《ひさこ》がそう仕向けたと取れなくもなかったのである。夜更《ふ》けて二人にはささやかな夜食と酒が出された。勇吉《ゆうきち》も弥八《やはち》もありがたく頂いた。

久子《ひさこ》は眠られないのか、二人の側を離れずに、かいがいしく給仕役まで務《つと》めたものだから、勇吉《ゆうきち》は全く恐《おそ》れ入ってしまっていた。弥八《やはち》には、勇吉《ゆうきち》が久子《ひさこ》に対する敬うという心配りはさらさら無く、一人の美しい女として久子《ひさこ》に対しているようであった。いつの時も女から誘いをかけられてきた持てる男の性《さが》が弥八《やはち》にはあり、それが自然な形で久子《ひさこ》に応対する時にも態度に出ていた。勇吉《ゆうきち》がそれを知れば仰天《ぎょうてん》する心象世界でもあった。

「夜も更《ふ》けました。もう奥様もお休みになって下さい」

勇吉《ゆうきち》の言葉にようやく久子《ひさこ》も腰を上げる始末《しまつ》であった。時は真夜中の四ツを回っていた。少し酔いが廻ったのか立ち上がった久子《ひさこ》がよろけた時、素早《すばや》く弥八《やはち》は久子《ひさこ》の身体を腕で抱きかかえていた。それはなんとも自然に素早《すばや》いものであった。弥八《やはち》に抱きかかえられ弥八《やはち》の優しい問いかけに久子《ひさこ》は溶ろけそうになっていた。

「奥様大丈夫《だいじょうぶ》ですか。お部屋までお連れしましょうか」

と弥八《やはち》は巧みに女心をつかんで囁《ささや》いた。久子《ひさこ》は若い娘のように身体をくねらせて甘えて、

「大丈夫《だいじょうぶ》です。少しお酒が過ぎたのでしょうか。いつもはこんなことはないのですが、本当に大丈夫《だいじょうぶ》です」

と言いつつ、自分から弥八《やはち》の腕から逃れようとする素振《すぶ》りは見せなかった。

弥八《やはち》はいかにも扱い慣れたように、久子《ひさこ》の腰に腕を絡《から》め、少し力を込めて言った。

「お部屋はいずれの方に」

と囁《ささや》いた。うなじに触れる弥八《やはち》の息遣《いきづか》いだけではや軟体動物のようになってしまっていた久子《ひさこ》は、鼻にかかった甘えた声で「あっち」と指さした。弥八《やはち》は全身を預けてしまっている久子《ひさこ》を抱きかかえて廊下の奥へ歩いていった。寝静まった屋敷の奥まった寝所に灯心を小さく絞った行灯《あんどん》に明かりが灯《とも》っていた。弥八《やはち》と久子《ひさこ》の間にはこの時もはや身分の枠とかはとっくに取り払われていて、お互いに相手を求め合う男と女がいるといった状況《じょうきょう》で、弥八《やはち》は右腕に感じる女の柔らかな充実した身体を感じ取って、ますますこの女を欲しいと思っていたし、久子《ひさこ》も男の腕が絶えず微妙に位置を変えて、締《し》まったり緩《ゆる》んだりする度《たび》に、男の意志を敏感に察し、思わず何もかも忘れて今はこの男が欲しいと切に思っていた。極《ご》く極《ご》く自然に寝所に敷かれていた夜具《やぐ》に久子《ひさこ》を優しく横たえながら、弥八《やはち》は自分もそのまま久子《ひさこ》に接したまま横になった。弥八《やはち》は久子《ひさこ》の腰に廻した腕に力を込めて自分に添わせるように強く抱き締めた。その時、久子《ひさこ》は鼻にかかった声を小さく上げた。久子《ひさこ》を可愛いと思い、そのおとがいに左手を添えて仰向かせ、女の口を吸った。久子《ひさこ》がそれに素直に応えるのを感じ、弥八《やはち》は腰に廻した手を器用に動かして女の帯を解いていった。その衣擦《きぬず》れの音に男は勢いづき、一散になっていた。女も身体を柔らかくして男の動きを手助けしていた。男が一本一本帯紐《ひも》を抜いて行くのを女は優しい気持ちになって正直に身体を応えさせていった。こうしてこの春の悩ましい夜、考えられもしなかった形で男と女は結ばれていったのである。

一人座敷《ざしき》に残されていた勇吉《ゆうきち》は布団《ふとん》に横たわり、眼を開けて闇《やみ》の中を見据えて、奥の座敷《ざしき》の気配《けはい》に全神経を集中させていた。闇《やみ》の中で勇吉《ゆうきち》の頭の中を駆《か》け巡るのは、いつも自分に対する時の気品があって、物静かな立ち居ふるまいをする久子《ひさこ》ではなく、華《はな》やいで嬌声《きょうせい》を発する、少し蓮《はす》っ葉《ぱ》に思える久子《ひさこ》の姿と、弥八《やはち》の如何《いか》にも女扱いに手慣れた姿であった。思わぬ成り行きに、どこかで弥八《やはち》を連れてくるのではなかったと思う心と、久子《ひさこ》が弥八《やはち》に魅せられていたのも仕方ないかと思う心がないまぜになって千々《ちぢ》に乱れていた。一刻ばかりして、ゆっくりとした足取りで弥八《やはち》が座敷《ざしき》に戻ってきた。勇吉《ゆうきち》は気取られぬように静かに眼を閉じた。弥八《やはち》は勇吉《ゆうきち》が眠っているかどうかを伺《うかが》う気配《けはい》であったが、気を遣《つか》いつつ横たわるのを感じて、勇吉《ゆうきち》は静かに眠りに入った。

洪水《こうずい》に見舞われる

嘉永《かえい》三（一八五〇）年の四月も終わり頃、例年になく長雨が続いた。

ここ小郡《おごおり》の岐波《しば》村の伊三《いぞう》とふみの生活にもようやく平穏な日々が戻っていた。ただ以前のように二人の間に信頼感に裏打ちされた生活、そんな生活は今は一刻もなかった。二人の間にはいつも緊張《きんちょう》が横たわっていて、二人は疲れていた。

天然痘《てんねんとう》であっけなく他界した幼子のまつの仏祭りには、ふみはその命日ごとに熱心に読経《どきょう》を上げ、何かに縋《すが》るように一心に祈っていた。伊三《いぞう》は屠場《とじょう》では今は一番の働き手になっており、組頭《くみがしら》からの信頼を一番厚く受けていた。屠場《とじょう》内の仕事の段取り一切《いっさい》を彼が取り仕切るまでになっていた。伊三《いぞう》自身も今は仕事に全身全霊を注《そそ》ぎ込むことで、家内の胡散臭《うさんくさ》さから逃れようとしているかのようだった。

四月の末になって、梅雨《つゆ》を思わせる長雨は、やがて各村々に大きな被害を齎《もたら》し始めた。春先には珍しくこの日、暴風雨となり、すでに何日か以来の雨で、急激に嵩《かさ》を増していた四十八瀬川の堤防はあっけなく決壊し、村々は濁流《だくりゅう》に押し流されたのである。この日、風雨が強まっていることもあって、屠場《とじょう》の仕事を早い目に切り上げ、職人たちを早く帰らせて、一番遅くに屠場《とじょう》を後にした伊三《いぞう》が、長屋の我が家に帰り着くやいなや、村の火の見櫓《やぐら》の半鐘が激しく打ち鳴らされ、アッと思う間もなく、土間一面に泥水がもこもこと浮き上がってきていた。

水が出た！

伊三《いぞう》の動きは早かった。

ふみに大声で怒鳴《どな》った。

「ふみ、ちせを連れて、屠場《とじょう》へ行け。あっこじゃとここらよりは高台になる。早よ行け」

ふみは夫の自分への言葉を久しぶりに聞いた気がした。ふみは弾《はじ》かれたように立ち、娘のちせを背中に括《くく》りつけて、戸口を開けて、一歩外へ出れば、一面茶褐色《ちゃかっしょく》の泥水が流れとなっている、その濁流《だくりゅう》の中に歩みを進めた。雨風が横殴《なぐ》りに吹き付けていた。すぐ後ろに伊三《いぞう》の声がして、太い腕がふみの目の前に差し出され、伊三《いぞう》は怒鳴《どな》った。

「つかまれ」

とふみは濁流《だくりゅう》の中で、倒れそうになりながら、伊三《いぞう》の太い腕にしがみついた。そんなふみに見える世界には、いつもの見慣れた村の姿はなく、一変していた。濁流《だくりゅう》が底鳴りの音を立てて流れており、大きな丸太や箪笥《たんす》の類《たぐ》いがごろんごろんと流されている様子は怖《こわ》いものであった。伊三《いぞう》はそんな中で、風雨の音に負けぬぐらいの大声で、辺《あた》りに向かって叫び続けていた。

「皆の衆、屠場《とじょう》へ行け。あっこが安全や。屠場《とじょう》へ向かえ」

濁流《だくりゅう》の中で必死に逃げ惑《まど》う村人の耳に、その声は届いたのか、いつか「屠場《とじょう》へ行け」の声があちこちで叫ばれていた。

屠場《とじょう》の小屋には、次々と逃げのびて来た村人が身内の者の安否《あんぴ》を確かめるためか、そこここで名を呼び合っていた。この村の者の全員が、ここに集まったかのようで、二百人余りの人々で屠場《とじょう》はごった返していた。平地より少し高い所にある屠場《とじょう》に避難した人々の目の前には、濁流《だくりゅう》が家や丸太までをも押し流して行く様が展《ひろ》がっていた。それを見つめる村人たちは今さらに洪水《こうずい》の恐ろしさを思い知ってか、皆一様に口を閉じた。一昼夜が明け、ようやく水も引いて、村人たちは各々の家の中に積み上げられた泥の掻《か》き出しと、泥水に浸《つ》かってしまった家財道具を洗い清める作業に精を出していた。そんな作業の合間にも、人々は、洪水《こうずい》の恐《おそ》ろしさを口々に語り合い、屠場《とじょう》に逃げ込めたことの幸運を語り合っていた。

いつしか伊三《いぞう》の機転でそれがなされたことが口に上り、伊三《いぞう》の勇気と決断を称賛《しょうさん》する声が辺《あた》りに満ち満ちた。ふみも我が夫への褒《ほ》め言葉を耳にする度、それを素直に喜べたのは、あの濁流《だくりゅう》の中で太い腕を差し出し、自分と娘を安全な地点まで誘導してくれた夫の優しさを確かに憶《おぼ》えていたからでもある。ようやく伊三《いぞう》への信頼が、昔日《せきじつ》のように戻る兆《きざ》しをふみは強く感じていた。

成長した若衆たち

嘉永《かえい》四（一八五一）年、この年伊三《いぞう》は早や二十五歳となり、名実ともに村の中でも諸役についてことある度に、先駆《さきが》けの役割を務《つと》める位置にいた。

それは屠場《とじょう》内の仕事にのみ終わらず、この村の祭り事を差配《さはい》する側の役廻りを担《にな》っていた。村の長老たちの伊三《いぞう》への信頼は厚く、自然にそういうふうになっていた。そのためか、伊三《いぞう》は多忙な日々を送っていた。ふみとの間での不幸なしこりは徐々に恢復《かいふく》しつつあった。家のことより外の仕事、村の人のためにと気持ちが高揚《こうよう》していたし、家の中でも以前のようにふみと仇《かたき》同志が向かい合うといった雰囲気《ふんいき》は少なくとも氷解《ひょうかい》していっていた。当然相手になるふみにもそれは正直に伝播《でんぱ》し、ふみも我が夫の働きを村の衆から間接にも、直接にも漏《も》れ聞くことで、一種誇らしげな気持ちになっていたし、それがひいては、伊三《いぞう》への接し方においても穏《おだ》やかでいたわりを含んだもてなしをするようにまで心は和《なご》んでいた。そんな伊三《いぞう》家の微妙な変化は、以前から続けられていた、与吉《よきち》たち若い衆たちの集まりにもよい影響を与えていた。一時は伊三《いぞう》とふみの間の険悪《けんあく》な気配《けはい》のために若い衆たちの方が気を遣《つか》い、この集まりは二、三度中止になっていたが、ここにきて、また再開されていた。五月に入って、屠場《とじょう》も一段落した頃のある日の夜、伊三《いぞう》の家でいつものように与吉《よきち》らが三々五々寄り集まっていた。与吉《よきち》だけではなく、孫七《まごしち》や惣次《そうじ》、佐吉《さきち》らの若い衆たちは皆一段とたくましくなっていた。身のこなし一つにも、それぞれ風格が滲《にじ》み出てきていた。もういっぱしの大人の集まりと言ってもよかった。今宵も中で一番剽軽《ひょうけい》な佐吉《さきち》が伊三《いぞう》の家に一番乗りしていた。

「今晩は、兄やんはいるけ」

娘のちせに遅い夕飯を食べさせていたふみがその手を止めて、振り向いた。

「早いじゃん、うちの人今朝出掛けに、屠場《とじょう》で仕事が済んだ後、組頭《くみがしら》に呼ばれちょるから、ちょっと間、遅うなるちゅうて言ってたで。そやけどそねえに遅うはなりゃせんじゃろうから、上がって待っちょり」

「へえおおけに。兄やんは偉いさんになりんさったからな」

「偉いさんじゃて、そねえなこと」

「いいや姉さんは知らんからじゃ。屠場《とじょう》では兄やん今では一番の働き手じゃから、組頭《くみがしら》も何かと兄やんをアテにしちょるみたいじゃで」

その時、虎松《とらまつ》と孫七《まごしち》とが連れ立って入ってきた。

「今晩は」

と孫七《まごしち》が言い、

「姉さん、さっき屠場《とじょう》で兄やんから用事ができたけに、ちょっとの間遅れるて言うちょってくれと言われてきたんじゃけど」

さっそく調子のいい佐吉《さきち》が、

「ああ、その話じゃったら、さっきわいも姉さんから朝出掛けに兄やんがそのこと言ってたって聞いちょるで」

孫七《まごしち》が拍子《ひょうし》抜けのように、

「なあんじゃ、ほなら遅れるちゅうても直《じ》きやいうことかいな」

「そうじゃ」

と佐吉《さきち》は言い、彼は話相手を待ちかねていたかのように、湯田中《ゆだなか》で起こった騒擾《そうじょう》について喋《しゃべ》り始めた。

「孫七《まごしち》も聞いて知っちょるじゃろうが、先日湯田中《ゆだなか》でこっちのもんがあんまりな百姓らのやりかたに頭にきて、ケンカを売ったたって」

「おう、聞いちょらい。こっちやらの芸能村のもんが各戸に新内《しんない》語りを流しているのんをあいつらが一方的に止めさせようとしたんで、そこまで百姓らに言われる筋合いはないちゅうてみなが怒ったちゅうことじゃ」

そこまで孫七《まごしち》が喋《しゃべ》っている所へ、惣次《そうじ》、与吉《よきち》、和吉《わきち》、文吉《ふみきち》と続けざまに入ってきた。輪の中に入るなり、与吉《よきち》が口火を切った。

「わいも聞いたぞ。四月七日の夕べに起こったことじゃて、お上から許しも出ちょることじゃのに、新内《しんない》を流しちょったら、湯田中《ゆだなか》のもんらが、四、五人取り囲んで、勝手なことをするなやとか、汚《きたな》いとか言うて、そいでもこっちのもんが流しを続けようとしたんじゃて。そしたら三味線は取り上げるわ、殴る蹴《け》るの目に遭《あ》わされて、その新内《しんない》流しの富八《とみはち》いうたかいの、そのお人が村に血だらけで帰ってきてこうこうやと村の差配《さはい》に訴えたんやて」

佐吉《さきち》がまた合いの手を入れた。

「与吉《よきち》は何でもよう知ってる、さすがじゃのう」

「阿呆《あほ》、こんだけのこと誰でも知っとろうがい」

と与吉《よきち》は受けた。ふみが桜の花びらを浮かべた白湯を皆に廻した。和吉《わきち》が素頓狂《すっとんきょう》な声を上げた。

「なんじゃこれ、ふみ姉さん」

「これはな桜湯《さくらゆ》じゃ。のども渇《かわ》くやろ、茶はないけに、茶の代わりじゃ。飲んでみい、案外ええもんじゃで」

とふみは皆に勧めた。

「ええ香りがするのう」

と惣次《そうじ》が言い、皆も湯飲みを口に運んだ。桜湯《さくらゆ》で座が和《なご》んだおりに、文吉《ふみきち》が誰にともなく言った。

「伊三《いぞう》さんはまだ帰らんのかな。湯田中《ゆだなか》の騒動《そうどう》の件、ほんとのとこはわしらはどねえ読んだらええんか教えて欲しいもんな」

虎松《とらまつ》が話を引き取るように、

「そりゃそうじゃ、何んやわしらへの当たり方がきつうなって来たように思うもんな。それがなんでじゃちゅうことをわしらでは読み切れんでな。伊三《いぞう》さんにそこのとこを尋ねな、な」

ふみがとりなすように、

「もう追っ付け帰ってくるて」

と言い、あとは皆、話は一応区切れた形でめいめいが雑事《ざつじ》のことに話の花を咲かせ始めた。それから半刻して伊三《いぞう》がようやく家の戸口を開けて入って来た。

「帰ったぞ。よう皆遅うなってすまんな。ちょっと仕事の話でな」

と言いつつ、座敷《ざしき》に上がった。ふみが、

「皆さんお待ち兼《か》ねやで。あんた、お腹《なか》は」

「いや、組頭《くみがしら》の所で呼ばれて来たけに」

「ほな桜のおぶでもおあがり」

「ほう、桜湯《さくらゆ》か、ええのう」

ふみが入れてくれた桜湯《さくらゆ》をゆっくりと味わうように飲む伊三《いぞう》に、待ち兼《か》ねたように、与吉《よきち》が問いかけた。

「兄やん、今も、皆で話しちょったんじゃが、先月七日の湯田中《ゆだなか》の騒動《そうどう》のことなんやけど、非《ひ》は勿論富八《もちろんとみはち》はんらの方にはないわな」

伊三《いぞう》は少し落ち着いた素振《そぶ》りで、

「皆もよう聞いてや、多分今晩はこの話になるじゃろうなとは思うちょった。さっきの与吉《よきち》の話じゃないけど、前にもお上から、意に添わん仕事でも、慶長《けいちょう》九（一六〇四）年にお上から穢多《えた》のもんには『家職《かしょく》』いうもんが定められたて話をしたわな。その中に芸事をせえ言われた一党もおるんじゃ。その中にこの間の富八《とみはち》さんらも入っちょるんじゃ。ほんじゃから新内《しんない》語りを湯田中《ゆだなか》で流すのは、何もどこも間違うてないんや」

日ごろ物静かな文吉《ふみきち》が、伊三《いぞう》の話に棹《さお》を指すように話した。

「そいじゃとこの間の騒動《そうどう》で百姓らが、新内《しんない》流しはさせんとか、汚《きたな》いから町へ入れへんとか言うのはなんぼ考えてもおかしいと違うかと思うんやけど」

伊三《いぞう》は答えた。

「わしら身内のもんをお上の勝手な都合で住む所や家まで百姓町人らと別扱いにして、それから二〇〇年もたてば、始まり頃にはそれはおかしいでと思うちょったことでも、二代三代と代替わりをしたら、長い年月の間にでき上がってしもうた形から、人の心も今を考えるのが普通じゃな。囲い込まれた所に住むのも、限られた仕事に就《つ》くのも、みいんな生まれついてそうなっちょるて思う人間も出てくるじゃろう、それが怖《こわ》いんじゃ。こんだのことでも、百姓らの頭の中にわしらを別のもんじゃとか汚いもんという考えがもうしみついちょるから、新内《しんない》流しをするのは、なにも無法《むほう》をしたことではないんじゃが、百姓らはそう思うちょるから、今度の騒ぎも起こったんじゃないか」

一息入れて、伊三《いぞう》は少し力を込めて言い続けた。

「わしがうれしいと思うちょるんは、今度のことで今までになかったことが起こったことじゃ」

惣次《そうじ》がきつい口調《くちょう》で口を挟んだ。

「伊三《いぞう》さん、こねえな目に遭《あ》わされて、うれしいて思うんはなんでじゃの」

「惣次《そうじ》、まああわてんとよう話を聞いてからにせえや。考えてもみい。今迄じゃとわしら身内のもんが町中で痛め付けられ、辱《はずかし》められてもそれに抗《あらが》うことなんて考えもつかんこっちゃ。なんぼ向こうに非《ひ》があって出るとこへ出ても十中八、九はわしらが悪いとされたけえ、どねえな目に遭《あ》わされても、皆泣き寝入りしよった。それがどねえじゃ。今度の湯田中《ゆだなか》は仲間のもんが痛め付けられたと分かったら、大勢で押しかけて、百姓にその非《ひ》を分からせようとしたんじゃないか。こねえなことはげに考えられんことじゃから、わしはうれしいて思うんじゃ」

伊三《いぞう》の話は聴き入る若衆たちにも十分に納得《なっとく》できるものであっただけに、皆神妙に聞き入っていた。伊三《いぞう》は話を続けた。

「おそらく、ことの起こりが明らかとなれば、非《ひ》は百姓らにあることがはっきりしても、最後には穢多《えた》が悪いということできついお咎《とが》めを被《こうむ》って決着するじゃろうが、それでも今度は仲間が一人のために立ち上がったちゅうことは、わしらがこれからもこの口惜《くちお》しさを忘れんためには、随分《ずいぶん》と大きい宝もんを残してくれたもんじゃと受け止めるべきじゃろうのう。わしはそう思うんじゃが、皆はどうじゃろうな」

若い衆の中でも一番剛毅《ごうき》の者とみなされている惣次《そうじ》が、

「よう分かった。そいでも裁きが無法《むほう》を犯したもんに向かわんと落ち度のないわしらに向いてくるのは、どねえ考えても口惜《くちお》しいことじゃけど、兄やんのいう泣き寝入りせんと仲間が起《た》ち上がったというのを聞いて、わしもうれしいと思う。何やら力が湧《わ》いてくるわ」

この話には皆同意したようであった。夜もだいぶ更《ふ》けてきたこともあって、この夜の集いは惣次《そうじ》の話を一区切りに、終わりとなった。いずれの若衆の顔も勢い込む風がみられ、元気に伊三《いぞう》の家を辞《じ》していった。

誓願寺《せいがんじ》住職恵春《けいしゅん》のもとで

五月に入ってすぐ、若衆たちの声もあり、伊三《いぞう》は屠場《とじょう》が休みとなった日、若衆たちを連れて久しぶりに誓願寺《せいがんじ》の山門をくぐった。あらかじめ使いを走らせていたこともあって、住職の恵春《けいしゅん》は本堂の真ん中に座って待っていてくれた。伊三《いぞう》は恵春《けいしゅん》の前に座り、深々と礼をした。

「お住《じゅ》っさん、長い間勝手をしまして、申し訳もありません。お借りしていた論語もまだ全部読み切っておりません。ほんまに忙しいという断りだけではすまん仕儀《しぎ》となりまして、申し訳もないと思うちょります」

恵春《けいしゅん》は後に続く七人の若衆らに、丸くなるように目の前に敷いた座布団《ざふとん》に座るよう指示し、堅くなっている伊三《いぞう》に鷹揚《おうよう》に語りかけた。

「よう来た。家の方は落ち着いたかのう。ふみさんは元気か」

のっけからの質問に伊三《いぞう》は、少し慌《あわ》てて答えた。

「お陰さまで、この頃やっと落ち着いて、お互い話ができるようになりました。ちせも口が達者になり双親とも喜んじょります」

「それは結構、結構。下の子はまつとか言うたかいな、天然痘《てんねんとう》で亡くしたのは、なんとしても無念じゃったのう。まつを失うた悲しみはいやされるはずもないじゃろうが、少しはふみさんも落ち着いてきたかいのう」

「へえ、今でも毎朝、仏前に陰膳《かげぜん》をあげてお参りしちょります。男親のわしらとは違うて、女親の思い込みはきついようですが、ようやくこの頃は、それも少しは薄《うす》らいできたようでほっとしちょります」

「女は我が腹を痛めて、生んだ子じゃからその嘆《なげ》きは格別じゃからのう。伊三《いぞう》、大事にしちゃらないけんぞ」

座るやいなやの二人の話に、与吉《よきち》らは神妙に聴き入っていた。五月に入って、初夏の気配《けはい》の中、はや蝉《せみ》の鳴く声が、静かな本堂に、いっそう静けさを感じさせていた。何もかも知り尽くした上での恵春《けいしゅん》からの問いかけに答えていた伊三《いぞう》の問答も一段落し、恵春《けいしゅん》がやおら若衆らを見廻して、

「今日はなんの話じゃ。どうせ何か問い糺《ただ》しとうてここまで上がってきたんじゃろうが、遠慮せんと言うてみい」

促《うなが》されて代表格の与吉《よきち》が、口を開いた。

「お住《じゅ》っさんからそう言われますと聞きやすくなります。わしらは月に一、二度伊三《いぞう》兄さんとこで集まりを持って、色々と伊三《いぞう》さんから教えてもろちょります。今日つい先だって湯田中《ゆだなか》であった騒動《そうどう》のことで、この間の集まりでは伊三《いぞう》兄さんがわしらの身内のもんがようけ抗議のために押しかけたことは、うれしいことじゃて言うてくれて、聞いていたわしらもよう納得《なっとく》したんですが、お住《じゅ》っさんはそのことでどねえ思うちょられる、とお尋ねしとうなりまして」

真顔の厳《きび》しい声が飛んだ。

「与吉《よきち》とかいうたな、他のもんも伊三《いぞう》の話にまだ納得《なっとく》がいかんということか」

惣次《そうじ》が代わって強い調子で答えた。

「いいえ、わしらは伊三兄《いぞう》さんの話を信用しちょりますけえ、納得《なっとく》しちょります。わしらも年は若いとはいえ、新内流《しんない》しの富八《とみはち》さんが遭《あ》うた目には、わしらかて多少とも味わされて口惜《くちお》しい思いをして来ちょるけに、伊三《いぞう》さんの話は、よう納得《なっとく》しちょります」

「それじゃったらまだ、この年寄りに尋ねたいて何じゃ、伊三《いぞう》の話でええじゃないか」

恵春《けいしゅん》のやはり厳《きび》しい話に、惣次《そうじ》はもう一度押し返すように言った。

「伊三《いぞう》兄さんの話でよう納得《なっとく》はしました。ただ、伊三《いぞう》兄さんの先生になられるお住《じゅ》っさんじゃと同じ話にもっと深いとこまで教えてもらえるんじゃないかと思うたけに、寺に上がってきましたんじゃ」

恵春《けいしゅん》は黙って大きくうなずいて、

「お前の名は」

伊三《いぞう》が恵春《けいしゅん》の問いに代わって答えた。

「惣次《そうじ》といいます。よう働く、剛毅《ごうき》のもんです」

「伊三《いぞう》の言う通りじゃな、なかなか気が強そうじゃ。そうでなくてはいけん、惣次《そうじ》が言うちょるのは、他のもんも同じ思いやと聞いていいんか」

の声に一斉《いっせい》に若い衆らが、

「はい」

と答えた。

「ほな、わしに尋ねちょるのじゃから、わしが答えよう。今度の湯田中《ゆだなか》のことで伊三《いぞう》がお前らに語って聞かせたことに誤りはない。向きもおうてる。わしがつけ足すというたら、ほんの少しだけじゃが、それを今から、話しておこう」

若衆たちは真剣な眼差《まなざ》しになり、緊張《きんちょう》したように輪を縮めるかのように身を乗り出した。

「わしはもうだいぶ年を取った。その分見るものはお前らよりようは見てきた。ほじゃから、伊三《いぞう》の話の正しさを支える話は見て来た経験から少しはできるじゃろう。伊三《いぞう》が言うた泣き寝入りせずに大勢が抗議に押しかけたことが同じ境遇《きょうぐう》の者としてうれしいちゅうのは、わしも正しいと思う。人の世の営みを歴史とも言うが、穢多《えた》の者が人らしい扱いを受けけん長い歴史が今も続いていることは皆も我が事じゃからよう分かるじゃろ」

若衆らは一様に頷《うなず》いた。

「穢多《えた》の者は、侍からも百姓町人からもいついかなる所であっても、人間扱いされん。そういう場に出くわしても、この国の法ではそれに異を唱《とな》えることすら許されておらんかった。異を唱《とな》えることが法を犯すこととされちょった。長い間、穢多《えた》の者は穴に閉じ込められちょったというてええじゃろ。ところが、何がそうさせたか、今度の湯田中《ゆだなか》で新内流《しんない》しがやはり人間扱いされんかったことについて、同じ村の者が大勢で抗議に出向いたちゅうことは、世の中の風向きがそうさせるようになってきちょるのを、人は敏感に肌で感じ取っちょるのやなあとわしは思うのじゃが、毛利《もうり》がこの長州《ちょうしゅう》を治め始めてから続けて来た穢多《えた》の者を押し込め抑え込み、人じゃないとして来た夕ガが緩《ゆる》んで来たんじゃなかろうか。伊三《いぞう》が言うたように今度の騒動《そうどう》の責めはやはり間違いなく穢多《えた》に降りかかってくるじゃろうが、これ以降おそらくお上も百姓らも穢多《えた》の者に対して、今までのようには好き勝手な真似《まね》は、そうそうできんようになったと思うで。穢多《えた》の者を下に見る風はお上の意向からも、今後もなくなるとは思えんが、穢多《えた》を扱うのに今までのように人も無きがように振る舞うことはできんようにはなったなと思う」

伊三《いぞう》も皆も深く聴き入っていた。恵春《けいしゅん》の話はまだ続いた。

「ほじゃからちゅうて、お前らは、決して世の中を甘く見んこっちゃ。要は、今後湯田中《ゆだなか》のようなことが起こった時、湯田中《ゆだなか》の時のように他の村の穢多《えた》の者が、芸能村の者と同様に皆でそろって起《た》ち上がれるかどうかが問われてるんじゃと思う。この藩を揺《ゆ》さぶる動きが、国の外で起こってきちょるようじゃし、それだけわしらも人の世の仕組《しく》みや流れについて、よう知るように努めにゃいけん。それが同じ身内の者の後に続く者の務《つと》めじゃともわしは思う。この辺の話で伊三《いぞう》の話の支えにはなるんじゃなかろうか」

若い衆らは恵春《けいしゅん》の話を深く受け止めていた。勿論伊三《もちろんいぞう》も同様であった。後年、この若衆らが一新組《いっしんぐみ》に馳《は》せ参じる時にも、若衆の一人ひとりの胸中にこの恵春《けいしゅん》住職の話が励ましとなって大きな心の支えとなっていただろうことは間違いない、それこそ穢多《えた》の若衆らの行く先を指し示す話でもあった。

高須久子《たかすひさこ》と弥八《やはち》と勇吉《ゆうきち》

五月の末にまた若衆たちの集まりが、伊三《いぞう》の家で持たれた。この日は、皆一様に気持ちが高ぶっている様子がありありと見て取れた。もうすでに梅雨《つゆ》に入ったかと思われる蒸し暑い夜、外は雨であった。皆の気持ちを代弁するように、車座《くるまざ》になるなりいつも冷静な孫七《まごしち》が真っ先に口火を切った。

「お前らも、聞いて知っちょろうが、萩《はぎ》の城下ではその話でもちきりじゃて」

ひょうきんな佐吉《さきち》が得たりと答えた。

「ああ知っちょるわ。高須久子《たかすひさこ》とやら三百石の家柄の奥様が、三味線ひきの穢多《えた》の勇吉《ゆうきち》と、不義密通のかどで座敷牢《ざしきろう》に入れられとういう話じゃろがい」

孫七《まごしち》は感心したように、

「佐吉《さきち》は何でもよう知っちょるのう、その後の話も知っちょるじゃろう」

促されて佐吉《さきち》はまた喋《しゃべ》り始めた。

「何でも勇吉《ゆうきち》や弥八《やはち》らとそのお家の奥様との付き合いは、かれこれ二、三年にもなるんじゃて。勇吉《ゆうきち》や弥八《やはち》は頻々《ひんぴん》と高須《たかす》家に出入りしちょってな、座敷《ざしき》にも上がるわ、時には泊まっていくこともあったらしいて、なんでそねえなことができるのか、わしにはよう分からんわ」

孫七《まごしち》が話を取って続けた。

「伊三《いぞう》さん、この話をわしらがどう取ったらええのんかを教えて欲しいんじゃ。ちゅうのは、佐吉《さきち》も言うたように、穢多《えた》のもんがお武家《ぶけ》さんと、それも大組《おおぐみ》の大身《たいしん》の侍の奥さんと、平民同様に付き合うじゃなんて、考えられんことじゃからな。藩の役人にその奥さんとやらは、召し捕られたと言うことじゃし、いずれ、勇吉《ゆうきち》、弥八《やはち》にもお咎《とが》めがあるじゃろう、それにしてもわしらにはまるで夢の中の話みたいやんか。ほんとにそねえなことがあるんかということや」

伊三《いぞう》は熱心に耳を傾けていたが、

「孫七《まごしち》、お前が言う通り、わしらの世界のもんにしたら、考えられもせんこっちゃが、現実《げんじつ》にそうこうことがあったのは間違いないことや。お前らが読んじょるように、勇吉《ゆうきち》や弥八《やはち》というお人にも近いうちに咎《とが》めがあることは間違いないじゃろう。穢多《えた》が侍出の女と付き合うとるちゅうことは、お上からしたら、重罪もええとこやろうしな。それにしてもその侍の女房《にょうぼう》は、余程腹のすわったお人じゃと組頭《くみがしら》連中の間でも、話題になったんじゃ」

文吉《ふみきち》は話を元へ戻すように言った。

「二、三年も付き合うちょるのが、その間、何にものうて、急に今になって、その侍の女房《にょうぼう》が座敷牢《ざしきろう》に入れられるちゅうのも、何やらおかしな話じゃな。なんで今頃になって、その女房《にょうぼう》は捕《つか》まえられたんじゃろうのう」

佐吉《さきち》がまた仕入れた話を始めた。

「何でも親類の者らは、久子《ひさこ》というお人が穢多《えた》を家に引き入れているということを分かってからは、何回も止めるように注意はしてきたんじゃと。それでも言うことを聞かんので、亡くなった夫の実家の宍戸《ししど》潤平《じゅんぺい》某《なにがし》がこの五月十日前後の夕刻、高須《たかす》家を訪《たず》ねたんじゃて。そしたら座敷《ざしき》に男が上げられていて、酒を飲んじょった。宍戸《ししど》が来たと知って、男が逃げたんで、奥様が問い詰められて、それが穢多《えた》の勇吉《ゆうきち》じゃとわかったということじゃそうな。」

孫七《まごしち》がいぶかるように尋ねた。

「佐吉《さきち》よ。なんでおまえがそこまで知っちょるんじゃ。おかしいじゃないか」

佐吉《さきち》が抗弁《こうべん》するように、

「孫七《まごしち》がおかしいちゅうのも分からんじゃないが、萩《はぎ》の街ではこの話でもちきりなんじゃで。わしに話を伝えてくれたもんの話じゃと穢多《えた》のもんがお武家《ぶけ》と付きおうちょるというだけでも、世の中でんぐりがえるほどの大事じゃけど、その上、お侍の、それも大組《おおぐみ》の家の女房《にょうぼう》が穢多《えた》の男と割ない仲になって、平気で男を座敷《ざしき》に上げるなんてことは、今の世では誰も考えられんことじゃいね。ほんとはお上にとっても闇《やみ》から闇《やみ》へ始末《しまつ》したかったんじゃろうが、事が事だけに人の口に上った、それがあっという間に広がったということっちゃないか」

伊三《いぞう》が口を開いた。

「佐吉《さきち》の話はそれでおうてるのじゃないか。組頭《くみがしら》からも事が大事なだけに、このことが、きっかけにわしら穢多《えた》のもんへの締め付けが今後一層きつくなるちゅうことは覚悟しとかにゃ、という話じゃった。わしもその通りじゃと思う。今迄ご法度《はっと》じゃった穢多《えた》が平民並に扱われるということが、現実に侍の女房《にょうぼう》によって行われたんじゃから、お上の面目は丸潰《つぶ》れじゃわな。これを取り返すのには、今一度、お触れを廻して、穢多《えた》との付き合いを今以上に厳《きび》しく色分けせえということになるじゃろう」

虎松《とらまつ》が突然、慌《あわ》てふためいて話に入った。

「伊三《いぞう》さんそりゃあ困る。そねえなことになったら、わしら今以上に住みにくうなるじゃないか」

「何あわくっちょるんじゃ虎松《とらまつ》。どねえ転《ころ》んでもわしらの暮らし向きが今以上に悪なるなんてことは、考えられんじゃないけえ。こんだけひどい扱いを受けちょるんじゃで」

と伊三《いぞう》が軽く言ったもんだから、座にいた者の間に同意を示す空気が流れ、文吉《ふみきち》がそれを代弁するように、

「伊三《いぞう》さんの言う通りじゃ、わしらが人並みに扱われちょるというのであれば話はまた別じゃが、前の通りこの件で明日からが大変じゃで、人間扱いされんかったたことに変わりがないのじゃから気が楽じゃないけ」

ここで皆の気を引き締めるように、伊三《いぞう》が話し始めた。

「この件では、お上の取り調べが進むのにつれて、わしら穢多《えた》への詮議《せんぎ》もきつうなるじゃろう。わしらの暮らしが今以上に良うならんという腹の括《くく》り方でええが、つまらんことでひっかけられんようにすることもまた大事なことじゃ。それと前の寄り合いでも言うたことじゃが、湯田中《ゆだなか》の騒動《そうどう》の時の芸能村の衆のように、一人がやられたら、泣き寝入りせずに皆で掛け合う気でおらにゃいけんということじゃで。一人ではやられるだけじゃからなあ。このことはよう忘れんと覚えちょけよ」

佐吉《さきち》がまだ言い足らぬという風で、後の話を続けた。

「久子《ひさこ》というお侍の女房《にょうぼう》のことじゃが、穢多《えた》の男と付き合うたて、高須《たかす》家の親類がお上へ訴え出て、この十八日の日に親類の者三、四人で久子《ひさこ》というお人を乱心じゃということで、親類の大《おお》組の高須《たかす》正作家へ連れて来て座敷牢《ざしきろう》に入れたという話じゃ。むごい話じゃで」

この間黙って聞いていた文吉《ふみきち》が、口を聞いた。

「親類のもんらは噂《うわさ》になっちょるのじゃから、いずれお上から咎《とが》めを受ける。その折りには必ず類が及《およ》ぶ。それを承知で我がの身内のもんを我がから訴え出たということじゃな。むごい話じゃないか」

この夜の寄り合いは、高須久子《たかすひさこ》にまつわる話で夜更《ふ》けまで続けられた。若衆たちは勇吉《ゆうきち》のことを我が事のように感じ、それぞれの想いを抱いて家路についた。

かねの噂

初夏の季節に入って、屠場《とじょう》はいつもに増して賑《にぎ》わっていた。こっとい皮の需要《じゅよう》が、この時期大いに伸びたことも反映してか、屠場《とじょう》での仕事に皆せかされるように立ち働いていた。当然伊三《いぞう》も目の廻るような忙しさの中にいた。屠場《とじょう》内の別の作業場で働くかねも同様であった。伊三《いぞう》とかねの間は、ふみの自殺未遂《みすい》騒ぎの後は、伊三《いぞう》が家に張り付いたこともあって途絶えていた。

狭い村の中で、しかも同じ屠場《とじょう》内で二人は顔を見合わすことも、時にはあった。伊三《いぞう》の顔を見るだけで、かねの心は波打ったし、身体の芯《しん》が熱くなるのであったが、言葉を交わすことはなかった。かねは二十五になり、女の真っ盛りでもあり、夜中、伊三《いぞう》のことを想って眠られぬままに悶々《もんもん》とすることも度々《たびたび》あり、特に伊三《いぞう》の姿を屠場《とじょう》内で見かけた日などは、伊三《いぞう》との逢瀬《おうせ》の時のことが熱く思い出されて、明け方まで悶《もだ》えることが再々あった。そういう女盛りのかねは、一段と美しく、男から見れば、魅力溢《あふ》れる女として映り、誘いをかける男は幾人も出てきた。かねはそんな自分をもだしがたく、組頭《くみがしら》の仁兵衛《にへえ》の誘いに軽く乗って、今では仁兵衛《にへえ》の囲い者となっていた。週に一度くらいの間隔で、かねは自分の家に仁兵衛《にへえ》を招じ入れて抱かれていた。身体は男に抱かれることで鎮《しず》まってはいても、屠場《とじょう》内で伊三《いぞう》を見かける度、かねの心はやはり大きく波打って、熱っぽく伊三《いぞう》の姿を目で追っている有り様であった。

美しさが目立つ女が囲い者になっていることは、狭い村の中ではすぐにも人の口の端にのぼり、かねさんは仁兵衛《にへえ》の女だとの風評《ふうひょう》は人々の間に広まっていた。伊三《いぞう》の耳にもすぐにそれは伝わっていた。伊三《いぞう》はふみとの間の関係がようやく元に戻ってきてはいたが、勝手なもので、かねが組頭《くみがしら》の仁兵衛《にへえ》に囲われていることを知って、胸の中は吹き荒れていた。屠場《とじょう》内でかねを見かけることがある時は、伊三《いぞう》は心穏《おだ》やかでいられなかった。かねのしなやかな体つきを目にする度に、カッとなるほど気持ちが高ぶってくるのであった。

村中の人間が驚き呆れて、ひとしきり噂話《うわさばなし》に花を咲かせることが、伊三《いぞう》とかねの間で起こったのは、六月の梅雨《つゆ》の季節に入り、蒸し暑い日が続くそんなある日のこと、伊三《いぞう》の持ち場の牛を捌《さば》く作業場で起こった。その日、こっとい牛一頭を板場に引っ張り出し、牛の眉間《みけん》に重い木槌で一撃《いちげき》を喰《く》らわして屠殺《とさつ》にかかるところで、見物の人垣の中にかねの姿があったからかもしれぬが、この時、伊三《いぞう》の手元は狂い、こっとい牛を横倒しにするのに、又も木槌《きづち》を牛の眉間《みけん》に見舞わねばならぬほど手間取ったのである。この時、人垣の中から女の声で「可哀想《かわいそう》…」という声が聞こえた。かねの声であった。その時にそこに居合わせた者全てがびっくりすることが起こった。

牛の腹にまたがり、今まさに刃を使わんとしていた伊三《いぞう》は、その声につかつかと人垣に寄り、かねの前に立つや、やにわにかねの顔面を激しく殴《なぐ》った。その一撃《いちげき》でかねは吹っ飛び、板の間に突っ伏し、立ち上がれぬようであった。一瞬の出来事で、人々は呆気《あっけ》にとられてその場に立ち尽くしていた。のろのろと立ち上がったかねが、伊三《いぞう》に頭を下げて、はっきりとした声で「ごめんなさい」と言った。伊三《いぞう》はその時くるっと向きを変えて、牛の側に寄り、再びその腹にまたがって鋭く腹を切り裂いていった。

かねの左顔面は腫《は》れぼったく、左眼の縁は青黒くなっていた。かねはたもとで顔を隠すようにして、作業場を後にした。この間、周りの誰一人、かねに言葉をかける者はなかった。それほどかねの殴《なぐ》られてからの後の立ち居振る舞いは物静かに落ち着いていた。この折りの情景はその日の内に村中に尾ひれをつけて噂《うわさ》となって広がっていった。奇妙なことにこの一連の騒ぎの中で、かねは心中穏《おだ》やかで、左顔面は熱を持つほど腫《は》れ上がっていたが、気持ちは晴れ晴れとしていた。遠くにいってしまっていると思った伊三《いぞう》が、再び自分の元に戻ってきたと感じていたからだろう。

かねは伊三《いぞう》がまた自分の腕の中に帰って来ると予感していた。

勇吉《ゆうきち》と弥八《やはち》召し捕られる

この年の暮れ、この村でも激震のように萩《はぎ》の穢多《えた》村の勇吉《ゆうきち》と弥八《やはち》が召し捕られ、即日野山獄《のやまごく》へ送られたことが伝わっていた。

あと三、四日で年が変わろうかという暮れの二十七日に、伊三《いぞう》の家に若衆たちは寄り集まった。その席では、萩《はぎ》の城下に接した芸能村の穢多《えた》勇吉《ゆうきち》と弥八《やはち》が目明かしに召し捕られた際の有り様が、またまた佐吉《さきち》を中心に話された。勇吉《ゆうきち》と弥八《やはち》への扱いのひどさと厳《きび》しさに集まった若者たちはそれぞれに憤慨《ふんがい》し、怒りの声をあげていた。佐吉《さきち》が五月の高須久子《たかすひさこ》の牢《ろう》への閉じ込めの際にも誰よりもよく事情を察知《さっち》していたように、今回のことでも、彼の情報がまた一等詳しいものであった。伊三《いぞう》を初め皆は、佐吉《さきち》が萩《はぎ》に確かな情報のツルを握っていると感じたものだ。

その佐吉《さきち》の話によると、目明かしの何人かは、五月の末頃から勇吉《ゆうきち》との跡を付け回し、村の中だけではなく御前座の楽屋裏にまで出没《しゅつぼつ》するようになり、周りの者たちもいつ召し捕られるのであろうと戦々兢々としていたという。その間、目明かしたちはただ単に勇吉《ゆうきち》と弥八《やはち》を狙《ねら》うだけでなく、周辺の者たちにこの際とでもいうように穢多《えた》に対して厳《きび》しく課されてきている各条項を守っているかどうかを口やかましく言ってきていたので、周りの者たちはその重圧に耐えかねていた。二十一日の明け方、まだ辺《あた》りが薄暗い頃、自分の家で寝込んでいた勇吉《ゆうきち》と弥八《やはち》の双方に、目明かし三、四人を引き連れて、家の中に土足で踏み込み、穢多《えた》にあるまじき所業《しょぎょう》をなしたかどにより捕縛《ほばく》するというものであったらしい。

勇吉《ゆうきち》と弥八《やはち》に同情を寄せながらも、村の者たちも御前座の者たちも二人の捕縛《ほばく》で奇妙なことに一様にホッとしている風があったという。二人は高手小手に縛られ、代官所へ連行されていったが、一日おいて二十三日には早や野山獄《のやまごく》へ送られたということも佐吉《さきち》の口から聞かされた。野山獄《のやまごく》入りをさせるほどの大罪を犯したというのかとも佐吉《さきち》は自らの感想を込めて話したものだ。

文吉《ふみきち》あたりから勇吉《ゆうきち》と弥八《やはち》がそれほどの重罪を課されるのだから、一方の側もその関係する者全てに同様の罰が加えられるのであろうとの意見が出たが、これには伊三《いぞう》は、彼特有の冷徹さで、その咎《とが》めを蒙《こうむ》るにしても、多分そこには侍と町人と穢多《えた》の俺らへのそれには大きに隔《へだ》たりがあるのではないかとその感想を洩《も》らした。言葉をついで、この事件では穢多《えた》が侍や町人と対等に付き合うことが罪だとされているのだから、結果はそう予測する方が間違いないだろうとも言った。そして伊三《いぞう》は最後にこのようにも今回の騒動《そうどう》について言及《げんきゅう》していた。

「今の世の中の成り行きを考えれば、今回の騒動《そうどう》が起こったこと自体が、考えられもせぬことだったのではないか。もともとの発端《ほったん》は、侍の女房《にょうぼう》が穢多《えた》の者を平民扱いする、人間扱いするということから始まっている。わしらにしたらそういうお人がこの世の中にいるとは思えなんだが、高須久子《たかすひさこ》というお人は、そういうことをなさったお人じゃと思うと、わしらにとってはとてつもなく有り難いお人じゃないかと思う」

と結んだ。若衆らにとっても、もやもやとしたものをすっきりと解《と》き明かしてくれる感じの伊三《いぞう》の話であった。

嘉永《かえい》四（一八五一）年の年もこのようにして暮れていった。ここに集《つど》う穢多《えた》の若者を取り巻く外の世界は、ようやく世情騒然《そうぜん》としてきている中での年越しであった。

一新組《いっしんぐみ》の闘いへ

今夜の集まりはいつもにも増して、緊迫していた。そこに集まった若い衆の誰もが一枚の布達に色めきたっていた。それは、長州藩の奇兵隊結成に伴う、部落民までも軍事に登用する布達であった。

この布達がだされることになったいきさつには、次の様なことがあった。

文久《ぶんきゅう》三（一八六三）年五月田浦沖に停泊していたアメリカ商船ペンブローク号に突然長州藩軍艦庚申丸《こうしんまる》が砲撃し、翌六月一日、アメリカ軍艦ワイオミング号が下関海峡に回航し、長州側と海戦となり、癸亥丸は大破、庚申丸は轟沈、壬戌丸は大破沈没、戦死者八名という大敗を長州側は喫する。

更に、六月五日、フランス軍艦セミラミス、タンクレードより艦砲射撃があり、陸戦隊が前田海岸に上陸し、周辺を占領することになった。

これらによって、長州藩の武士を中心とした軍隊の無力さが誰の眼にも明らかとなり、一般町民を軍隊に組み入れるという前代未聞の奇兵隊が、六月に結成されることとなったのである。その「屠勇《とゆう》取り立て方」として、吉田稔麿《としまろ》が任じられた。

彼は、部落民までも軍事に登用する布達《ふたつ》を発した。

それは、長州《ちょうしゅう》藩の奇兵隊《きへいたい》結成に伴う、部落民までも軍事に登用する布達《ふたつ》のことであった。その布達《ふたつ》によれば一村およそ百軒に五人という割合で、帯刀と胴服の着用を許し、賤称《せんしょう》を除くというものであった。

「ちょっと待て」

と言って、恵春《けいしゅん》は本堂の裏側に廻り、やがて手に和綴《わと》じ冊子《さっし》を持って、座に戻って来た。伊三《いぞう》に手渡し、

「ここにこの十年あまりのお触《ふ》れ書きが写し取ってある。高札《こうさつ》に掲《かか》げてあったものはほぼ写してきたんじゃ。それをよう見てみることじゃなあ。おまえたちやおまえたちの親たちをこの藩がどう見ちょるか、人として見ちょるか、見ちょらんかもようく分かるじゃろう。少しはおまえたちのこれからへの問いかけとなるかもしれんじゃろう」

こう言って手渡された和綴《わと》じ冊子《さっし》の中には、「長夜《ながよ》の寝言《ねごと》」もあった。これは嘉永《かえい》六（一八五三）年、ペリー来航の直後に村田清風《むらたせいふう》によって書かれたものである。彼はその著の中で次のような露骨《ろこつ》な差別発言を書き表している。「非常の事ある時は非常の才を挙《あげ》るは通論《つうろん》なり」とし、さまざまな能力に従い、すべてに海防の任務《にんむ》を与えるべきと国内の総力体制を訴えているものであった。この中で「戎狄《いてき》は犬猫に比すれば、雑戸《ざっこ》の者にあたらすべし」と賤民《せんみん》の登用について述べている。雑戸《ざっこ》とは長州《ちょうしゅう》藩では穢多《えた》・茶筅《ちゃせん》・宮番《みやばん》・非人《ひにん》などを意味し、彼は「戎狄《いてき》」（蛮人《ばんじん》）は、犬・猫のたぐいなので、同じ部類の「雑戸《ざっこ》」と戦わせるべきと主張したのである。ここには村田清風《むらたせいふう》の露骨《ろこつ》な部落に対する、人間と認めない考え方が見受けられるし、外国人にもそれと同じ質の考えが明らかに出ているものであった。

伊三《いぞう》は言った。

「お住《じゅ》っさん、この吉田稔磨《よしだとしまろ》ちゅう人は、わしら部落のもんの心をようつかんじょるようじゃ。」

「なぜそう思う」

「布達《ふたつ》の中に、『穢多《えた》の儀《ぎ》は、これまで良民に歯《よわい》せず、多年鬱屈《うっくつ》まかりあり、その名を何とか改め、その格を本格より一層高くしめざましく派手《はで》に装わせ、給金相応《そうおう》にあてがい候《そうろ》はば、我《われ》がちに部伍に入らんことを願い出申すべし』とあります。」

「鬱屈《うっくつ》を理解し、それに具体的措置《そち》を手当てしたことにより、彼らは命を捨てるであろうという主旨《しゅし》の触書きじゃないですか」

恵春《けいしゅん》は、言った。

「伊三《いぞう》、たいしたもんじゃ。それをそこまで読み取れば、いうことはない。長州《ちょうしゅう》藩の魂胆《こんたん》はそこにある。そうわかった上で、わしらはどうするかじゃ。他所の身内のもんの垣《かき》の内《うち》の衆らは、鉄砲隊として一新組《いっしんぐみ》に行くそうじゃと聞いちょる。お上に利用されると分かっていても行くんかの。」

「今度の騒動《そうどう》では敵に攻め込まれて、藩の侍らが、そらもうだらしのない闘いをやっちょうというのを人伝えに聞いた。このままいけば長州《ちょうしゅう》藩はつぶれるじゃろう。これは、わしの考えじゃが、わしら部落のもんにとったら、この藩がつぶれようがどうなろうが、それはどっちでもええこっちゃ。これまでわしらは今まで長い間、今までずうっと犬畜生《いぬちくしょう》にも似た扱いを受けてきたから、藩が今になってわしらにどうにか助けてくれろというのは、今さら聞こえんな。

これはよう考えな、罠《わな》やと思う。これは信用できんと思う。身内のもんの中にようけ引っかかるもんが出てくるやろう。これを受けるということは、命を捨てるという意味じゃで。それだけの腹を決めてかからんといかんわなあ。こんな時でも部落はのぞけというのは、そら高杉《たかすぎ》の本心やで」

伊三《いぞう》は決意を込めて言った。

「みんな藩の狙《ねら》いはようわかった。所詮《しょせん》わしらを鉄砲玉として使うのが第一の狙《ねら》いじゃと思う。触書《ふれがき》に応じても賤称《せんしょう》はとってはくれんじゃろう。身分はちっとも変わらんと思う」

「十中、八、九、お上の狙《ねら》いは、伊三《いぞう》兄いの言う通りじゃとわしも思う。それでもわしは一新組《いっしんぐみ》に行く。このまま生きてもせんがない、わしらにも人間としての意地がある、それを世間に見せたい。命にかけてやる。」

長次《ちょうじ》は自分の考えを一気に吐き出した。

「わしも一新組《いっしんぐみ》へ行く。たとえ生きて帰らぬかもしれんが、このまま犬畜生《いぬちくしょう》扱いされて生きるよりはましじゃ。わしも人間じゃという確かな証《あか》しがほしい。」

与吉《よきち》は言った。

「一新《いっしん》とはどういうものやろ?」

「維新も一新《いっしん》と同じ意味じゃな。根元から全く入れ替えるということじゃ。」

「与吉《よきち》は一新組《いっしんぐみ》へ行くと言うのか。」

「わしらも人間じゃということを見せたる。」

と与吉《よきち》が言った。

伊三《いぞう》がその時、言った。その言い方にそこにいた者は、瞬間驚いたように、伊三《いぞう》を見つめた。それぐらいその折りの伊三《いぞう》の形相《ぎょうそう》には、凄《すご》みがあった。伊三《いぞう》は長吉《ちょうきち》らをぐるっと見廻して言った。

「与吉《よきち》、よう言うた。与吉《よきち》の決意に俺も一緒に寄り添うことにする。死なばもろともじゃ。まず、一新組《いっしんぐみ》に入ることにする。」

伊三《いぞう》は、この件で耳にしたことを、皆に説《と》いて聞かせるように諄諄《じゅんじゅん》と言った。

「一新組《いっしんぐみ》ではのう、時政亀蔵《ときまさかめぞう》さんが若い者を集めて、剣術の稽古《けいこ》をなさっているようだ。わしらもそれに入れてもらえれば、ほんにありがたいことじゃでな。時政《ときまさ》どんにはわしが頼んでみるが、皆もそれで良いか。幕府の侍らと命をやりとりをすることになるのは、それからじゃ」

伊三《いぞう》の話は続いた。

「時政《ときまさ》どんは十一月吉日《きちじつ》に初会合をもたれたそうな。十九日には屯所を浜方安養寺に移されて、一新組《いっしんぐみ》を固めるのに、時政《ときまさ》どんは奔走《ほんそう》されているそうな。わしらも一刻も早よう馳《は》せ参じてお役に立たなあかんわな。まずは一新組《いっしんぐみ》に入って事を進めることにしようと思う、与吉《よきち》の言うようにな」

若い者にもかすかな夢があった。信じてはならなかったが、この戦《いくさ》で幾人かは殺されるかもしれん、それでもその闘いの先に賤民《せんみん》から抜け出せる道が一筋でもあるのであれば、賭《か》けてみようと、この時、伊三《いぞう》はそう決断した。いずれ来る世の中が、今の犬畜生《いぬちくしょう》扱いよりはすこしはましなのではないかと、もろくも期待するものが、心の裡《うち》をよぎった。伊三《いぞう》は、今、自分の前にまなじりを決して、己《おのれ》を凝視《ぎょうし》しているこの若者たちのことを思い、戦場《いくさば》で闘いの前の点呼をとらなければと思うだけで胴震いした。我が身を奮い立たせるかのように「皆の衆、起《た》て!」と叫ぶように大音声《だいおんじょう》を発した。

この戦いに出掛ける朝、村の者はほぼ全員が見送った。見送られる若者たちの中には「生きて帰らぬかもしれんが、死んでも犬死にはしない」と叫ぶように雄《お》たけびを上げる者もいた。侍をたくさんやっつけて一人もこの村へ入らせないと言い切って、若者たちは出かけていった。

伊三《いぞう》は剥刀《はぐとう》を右手に持って、いつもの彼とは全く違った人のようになって、腹の底から野太《のぶと》い声をあげた。

「向こうに見えるあの赤鎧《あかよろい》のかたまりを人間と思うな。」

朝もやの中に仁王《におう》のような形相となり、起ちあがった伊三《いぞう》らは全員黒一色の装束《しょうぞく》であった。

「遊維新団《ゆういしんだん》」と黄色地に黒々と鮮やかに書いた旗を持った者の周りに集まった。

慶応《けいおう》二（一八六六）年六月十四日の未明、小瀬川口での幕府軍と長州《ちょうしゅう》藩の闘いの場面であった。六月の少し肌寒い未明のもやに包まれた向こうに、赤鎧《あかよろい》に身を固めた侍の群れが楯《たて》となって、伊三《いぞう》ら維新団《いしんだん》に向き合っていた。伊三《いぞう》らは慶応元（一八六五）年の十月頃に、一新組《いっしんぐみ》として一応の洋銃の軍事訓練を受けていたが、それがいざ実際の戦闘となれば、ずぶの素人《しろうと》の集まりであり、毎日剣術の稽古《けいこ》に励んでいる侍たちと、その上、幕府軍の中でもとりわけ最も強いと噂《うわさ》されている、彦根《ひこね》藩井伊家の赤鎧《あかよろい》軍団と相対峙《あいたいじ》することになるとは、夢にも思っていなかった。

伊三《いぞう》は無い知恵をしぼった。この闘いに参加すると決めて、自分に従ってきた若者たちをむざむざ犬死させるわけにはいかないと腹の底から思っていた。そこで、伊三《いぞう》は真剣そのものの表情で言葉を発した。

「みな、もやの向こうに見えるあの赤い鎧《よろい》を身に着けた連中と命のやりとりをすることになった。当たり前に考えたら、たぶん大根でも切るように俺たちはやられるのがおちじゃと思う。そこで、昨日の晩、俺がお前らに言うたようにしてくれ。」

長次《ちょうじ》が言った。

「伊三兄《いぞうあに》い、どないするって。」

「一対一では簡単にやられてしまうじゃろう。」

改めて伊三《いぞう》が怒気《どき》を含んだ調子の声で言った。

「今からわしが吶喊《とっかん》の声をあげて、全力であの赤鎧《あかよろい》の楯に突っ込む。必ずあいつらも慌《あわ》てる。わしらは毎日牡牛《おうし》一頭を仕留《しと》める力を持っている。あの赤鎧《あかよろい》の連中とやりあう時、その力を存分に活かすんじゃ。」

伊三《いぞう》の話は続いて、

「必ずわしらは三人一組で相手一人にかかる。こうなったら卑怯《ひきょう》もへったくれもない、勝たな意味がないんじゃ。どんな激しい闘いになっても、三人は一組になって離れんと相手一人を仕留《しと》めるんじゃ。そのために剥刀《はぐとう》を研《と》いできたんじゃ。牡牛《おうし》一頭を一撃《いちげき》で仕留《しと》めるだけの切れ味を持った剥刀《はぐとう》を、どんなことがあっても、自分の身体から離すな。牡牛《おうし》を仕留《しと》める時と同じやり方の闘いじゃないか。長ければ長いほどわしらの勝ちじゃ。そのために鍛《きた》えてきた足の早い、勇気のある、頭のええ人間が集まったんじゃないか。」

そこまで言って、伊三《いぞう》は、

「必ずわしらが勝つ。なんでじゃいったら、わしらが人間になるための闘《たたか》いじゃから、負けるわけにはいかんのじゃ。必ず勝つ。」

ときっぱり言いきって、口を閉じた。

伊三《いぞう》が起《た》ち上がり、長次《ちょうじ》や与吉《よきち》も起った。伊三《いぞう》は剥刀《はぐとう》を右手に持って胴震いしたが、腹を決めたように腹の底から声を出した。

「ままよ、起《た》て。」

伊三《いぞう》は行くぞと叫び、吶喊《とっかん》の声をあげた。

「みな離れるな。よう聞け。わしらは人が牛や犬には見えたりはせん。ただ、今は向こうを人間と思うな。赤牛と思え。」

五十四日間の死闘の後、長州軍《ちょうしゅう》は勝利した。闘いを終えて帰郷する部隊を迎える地元民は、部落民も平民も沿道各所に杉門を作って歓迎した。帰ってまもなく、彼らに士分《しぶん》取りたての通知があったが、それを辞退した。その代わりの褒賞《ほうしょう》として、土地を要求し玉蔵《たまくら》地区の山林五ヘクタールが与えられた。長年差別で苦しめられた戦士らは、士分《しぶん》取り立てという新しい差別を持ち込まれるのを拒否したのであった。

吉田稔磨《よしだとしまろ》の「屠勇《とゆう》取り立ての建策」により一村百人につき五人を選び、茶筅《ちゃせん》隊など部落民の諸隊ができて幕末に活躍した。これら一連の闘いでは、戦死者が一新組《いっしんぐみ》に二名出ている。とりわけ四境戦争芸州口《げいしゅうくち》での闘いは激闘であった。しかし、これらの闘いの死者に対しても、差別はあった。

藩は慶応《けいおう》三（一八六七）年、下関に後の靖国《やすくに》神社の原型となった桜山招魂《しょうこん》場を設け、奇兵隊《きへいたい》の戦死者を祀《まつ》った。しかし、高杉晋作《たかすぎしんさく》の、「門閥《もんばつ》の習弊《しゅうへい》を矯《あらた》め、暫《しばら》く穢多《えた》の者を除くの外士庶《ししょ》不問」の指示により、闘いに馳《は》せ参じた部落民軍隊は「招魂《しょうこん》」から排除《はいじょ》された。また、大村益次郎《おおむらますじろう》によって創られた東京招魂《しょうこん》社、すなわちのちの靖国《やすくに》神社でも、「屠卒《とそつ》はこの限りではない」と排除《はいじょ》されている。こうしてみると、靖国《やすくに》神社は差別的性格を持った神社ということができる。

そもそも東京招魂《しょうこん》社は明治《めいじ》二（一八六九）年、戊辰《ぼしん》戦争の官軍戦没者を祀《まつ》るために創られたものである。この靖国《やすくに》神社に由来する「招魂《しょうこん》」とは、死者の霊を呼び返すことで、道教の考え方から来ている。死者は天皇が裁可《さいか》した者のみ「霊璽簿《れいじぼ》」に名が書かれる。そして、真っ暗闇の夜に人霊を「霊璽簿《れいじぼ》」に移し、更に靖国《やすくに》神社のご神体とされる鏡に移し、合祀《ごうし》されてはじめて「神霊」となるのであった。

エピローグ　天皇制国家創出と部落差別

二度にわたる対長州《ちょうしゅう》戦争によって、徳川幕府は弱体化していく。維新団《いしんだん》・一新組《いっしんぐみ》をはじめとする長州《ちょうしゅう》藩部落民軍隊の活躍は、部落民にとっては大きな希望をもたらしたが、支配階級にとっては驚きと同時にある種の恐怖《きょうふ》感をも抱かせた。長州《ちょうしゅう》藩では、長州《ちょうしゅう》戦争が終わると、身分制のほころびを元に戻そうと部落民への取り締まりを強化した。

慶応《けいおう》三（一八六七）年、徳川慶喜《とくがわよしのぶ》が大政《たいせい》を奉還《ほうかん》し、やがて薩摩《さつま》と長州《ちょうしゅう》が中心となった明治の新政府が樹立《じゅりつ》される。明治維新政府は、明治二年、東京招魂《しょうこん》社（後の靖国《やすくに》神社）をつくり、また版籍奉還によって、天皇を頂点とする身分制を法制上でも着々とくみ上げていった。

また、明治国家は、列強《れっきょう》の法令を参考にして新しい制度を作り、次々と新しい法律が出されていく。明治二年には、国会の前身の公議所《こうぎしょ》というものが設けられ、各地から出てきた議員によって、この国を今後どうするか、ということが話し合われる。議員といっても旧幕府の藩士《はんし》が集まった会議であり、封建制の支配階級の意識を持った人たちであった。穢多《えた》・非人《ひにん》という身分の人々は、「人外の人」と言われ、住む土地も「土地外の土地」といわれて、人にあらずといわれていた。

しかし近代国家をつくるためには、賤民《せんみん》制度を旧来のままにしておけば、法制上から不都合を来《きた》すという意見があり、それをどのようにすればよいのかが議論された。旧幕府では、部落の職業を斃牛馬《へいぎゅうば》処理や牢番《ろうばん》などに固定して、それ以外の職業につけないようにする見返りとして租税が免除されていた。また、部落の居住地の中には「土地外の土地」ということで地租が免除されているところもあった。穢多《えた》についても一般の身分の中に入れて、税の対象にするべきだという意見が出てきた。また蝦夷《えぞ》地といわれていた現在の北海道は、ロシアに対する前線基地という意味合いを持っていた。当時の囚人《しゅうじん》が開拓《かいたく》していたそれらの土地へ部落民を送って、開拓させるべきだという意見もあった。その発想は、長州《ちょうしゅう》藩の攘夷《じょうい》戦争のときに村田清風《むらたせいふう》が「戎狄《いてき》は犬猫に比すれば、雑戸《ざっこ》にあたらすべし」という、差別意識と似た発想であった。

そして明治政府は、ついに明治四年八月二十八日、太政官布告《だじょうかんふこく》（第六一号）いわゆる賤民《せんみん》解放令《かいほうれい》を発布する。

「穢多《えた》・非人《ひにん》等の称廃《しょうはい》され候条《そうろうじょう》、自今《いまより》身分・職業とも平民同様たるべきこと」

これとあわせて、地方には次のような法律も出された。

同上府県へ

「穢多《えた》・非人等の称廃《しょうはい》され候条《そうろうじょう》、一般民籍に編入し、身分・職業とも都《すべ》て同一に相成《あいな》り候様《そうろうよう》取り扱うべく、もっとも地租《ちそ》其外除口《そのほかじょぐち》の仕来《しきた》りもこれ有り候《そうろ》はば、引き直し方見込《みこみ》取調べ大蔵省へ伺《うかがい》出るべき事」

これによって、それまで穢多といわれてきた人たちは法律上は解放されたことになっているが、明治国家の本当のねらいは、国家の財政的基盤である地租改正にあった。部落の宅地を旧来のまま「土地外の土地」にしておけば、荒れ地・市街地など旧幕府で税を免除《めんじょ》されていた土地に地租がかけられず、部落の土地を除外する訳にはいかなかった。旧幕府では、部落の人間は、部落の土地に縛《しば》り付けられ転居の自由がなかった。地租改正の動きの中で、部落の土地が売買できるようにするしかなく、転居の制限を緩和《かんわ》することにした。そこで戸籍上明治政府は、明治四年の戸籍法（壬申戸籍《じんしんこせき》）で天皇を頂点とした華・士・卒・平民の身分制を敷《し》き、部落民を平民の中に入れた。しかし、戸籍謄本《こせきとうほん》には、本人の名前の上に、かつて何の出であったかということを記入することになっていた。賤民解放令《せんみんかいほうれい》の対象となる人々の場合は新平民《しんへいみん》と書かれた。

このように明治政府は、天皇を頂点とし部落差別を温存《おんぞん》したままの身分制国家、つまり天皇制国家を創《つく》ることに腐心《ふしん》したといえる。

幕末の討幕《とうばく》運動のとき、明治政府の中心人物である大久保利通《おおくぼとしみち》、西郷隆盛《さいごうたかもり》、木戸孝允《きどたかよし》等は最後の将軍である徳川慶喜《とくがわよしのぶ》を京都に引っ張り出して大芝居を打っている。徳川幕府は崩壊寸前《ほうかいすんぜん》といいながらも強大な軍事力を持っていた。それを打ち負かすために天皇の神的権威《けんい》をフルに利用している。彼らの談合記録《だんごうきろく》をひも解《と》くと天皇のことを玉（ぎょく）と言いながら、「玉をこちらに付けるか、あちらに持っていかれるか」という話が何回も出てくる。徳川幕府を権威《けんい》づけ正当化する最高権威《けんい》という意味で天皇は確固《かっこ》としたものを持っていた。岩倉具視《いわくらともみ》らは、その部分を最大限利用して大博打《ばくち》を打った。建前上、日本の君主は天皇だから、天皇が巡幸《じゅんこう》する場合、徳川幕府は出張《でば》っていかなければならない。上加茂《かみかも》神社では天皇が上に座り、将軍は下で恭順《きょうじゅん》の礼をとらなければならない。もし出て行かなければ反逆《はんぎゃく》ということになる。

天皇を自分たちの御印《みしるし》にすることで、自分たちに正義（大義名分《たいぎめいぶん》）が打ち立てられることになる。官軍《かんぐん》が幕府軍を打ち破るとき、正義の印としての御印《みしるし》、錦《にしき》の御旗《みはた》をかざして戦う。日本の歴史を溯《さかのぼ》って見ても、時の権力者は天皇を我が方に付ける為に京にのぼったのである。彼らは、武力だけでは国家を統一できないことをよく知っていたので、天皇の威光《いこう》を我が物にしようとした。

日本では、日常の隅々《すみずみ》にまで天皇制の意識が国民に染《し》み付いている。それと同じように、部落に対する穢《けが》れ意識も日常の隅々《すみずみ》にまでいきわたっていると考えてよい。天皇が良で、対極《たいきょく》の部落が悪であるという構図《こうず》を利用して、天皇制国家建設が進められていく。

明治四年の太政官布告《だじょうかんふこく》が出されてから、笑い話みたいなことや、悲しい事件がいっぱい起こる。

奈良の部落では「五万日の日延《ひの》べ」という話が伝わっている。

奈良県葛城《かつらぎ》郡岩崎村の阪本清十郎《せいじゅうろう》家に伝わっている話だが、岩崎村の人々が歓喜《かんき》して解放令を迎えるのだが、村の庄屋《しょうや》が、「実はあのお布令《ふれ》は嘘で、五万日の日延《ひの》べになったらしい」と言った。明治四年から五万日後といえば平成十九（二〇〇七）年になる。

また播州《ばんしゅう》・但馬《たじま》の穢多解放令反対一揆という有名な一揆がある。

一ヶ月の間、姫路《ひめじ》の市川《いちかわ》沿いに農民たちが竹槍《たけやり》などの武器を持って集まり、解放令《かいほうれい》に反対して立ち上がった。このとき中心となったのは大庄屋とか問屋とかだが、後に浪士《ろうし》たちも手伝う。

こうして一ヶ月近い大騒動《だいそうどう》になる。

最終的には姫路県から藩兵が鎮圧《ちんあつ》にあたって、小國鍈十郎《おぐにてつじゅうろう》という人が一揆《いっき》の首謀者《しゅぼうしゃ》として捕えられ、翌年七月に市川の河原で斬首《ざんしゅ》の刑にされる。一九二二（大正十一）年に水平社が創立された時には、小國鍈十郎《おぐにてつじゅうろう》は穢多解放令《えたかいほうれい》に反対した側の犯罪者となっていた。ところがそれ以前、大正時代の初めには、小國《おぐに》は百姓のために闘《たたか》った英雄として、記念碑が福崎《ふくさき》に建てられていた。しかし鍈十郎《てつじゅうろう》の一族はこの時のことを語りたがらない。

兵庫以外にも解放令反対一揆《かいほうれいはんたいいっき》はおこっている。明治六年五月に讃岐《さぬき》、今の高松《たかまつ》の漁村でおこっている。解放令に反対して小坂《こさか》という被差別部落《ひさべつぶらく》を襲《おそ》っている。家々が放火されて、十七人も殺されている。そしてこれに続いて四国の高知《こうち》とか愛媛《えひめ》とかでも同じような事件が頻発《ひんぱつ》している。

それから次に岡山県の美作血税一揆《みまさかけつぜいいっき》。ここでも被差別部落が襲われている。賤民解放令《かいほうれい》が出て、百姓たちがそれに反対するという雰囲気が察知できるので、部落の側も襲《おそ》われたらいけないと思って、自衛手段《じえいしゅだん》を講《こう》じたが多勢《たぜい》に無勢《ぶぜい》であった。最終的には襲《おそ》われた皮多《かわた》村の三人が一揆勢《いっきぜい》に謝《あやま》り、土下座《どげざ》して許しを乞《こ》うたが、猛《たけ》り狂っている百姓たちは、謝《あやま》っている三人を引き出し、肥溜《こえだ》めの中に突き落として竹槍《たけやり》で殺してしまう。そしてその後も謝《あやま》っている穢多《えた》村のリーダー格の人を満座《まんざ》のなかに引っぱり出して、一般の民《たみ》百姓たちは、男だけでなく女の人も石つぶてを投げて惨殺《ざんさつ》している。そしてその後、部落を襲《おそ》って家々に火を放《はな》って、百軒あまりを焼き払った。百姓たちは、穢多《えた》として自分たちが今まで下に見てきた人たちが、自分たちと同列に並ぶということに、我慢《がまん》できなかったのである。穢《けが》れ意識《いしき》が噴《ふ》き出しているので、殺し方も残虐《ざんぎゃく》で、この時に殺されているのが男が十一名、女が七名、計十八名であった。

もう一つは、村の近くの川の堤防を切って、わざわざ水を流し込んで、水攻めにして溺《おぼ》れ死にさせるということをやっている。同じようなことを明治六、七年ごろに岡山でも四国でも九州でも、日本人が同じ日本人に対してやった、という悲しい事実がある。

そしてもう一つ大きなことでいうと、明治六年の六月十三日からほぼ一ヶ月半にわたって、参加した者が三十万人といわれる、九州の北部で起こった肥前竹槍一揆《ひぜんたけやりいっき》というのがある。

この一揆《いっき》の勢力は穢多《えた》村を襲《おそ》うたびに、自分たちに協力するか、解放令《かいほうれい》の出る前の状態まで戻すかを、穢多《えた》村の代表を呼び出してはいちいち誰何《すいか》してまわった。その通りにしますという村には火をつけず、その反対に、解放令《かいほうれい》が出たのだから今までどおりでは困る、という穢多《えた》村に対しては全部火を放《はな》っている。破壊された家は、当時の被差別部落の人口、二万百七十五人の半数以上にも達している。

この場合も随分《ずいぶん》えげつないやり方をしている。群集心理《ぐんしゅうしんり》というのか、一種の狂乱《きょうらん》状態になっているので、目の前で人を殺したり、火をつけて焼くということにも良心の痛みがとんでしまっている。だから、随分残酷《ずいぶんざんこく》な殺し方をしている。

なぜ同じ日本人がこんなことをしてしまうのか。当時の一般の百姓は、長い年月のあいだに被差別人民への穢《けが》れ意識が生活の中にしみついていて、それがある日突然、今まで下に見ていた人間が、自分と同一に並ぶということになると、自分たちが被差別の状態に突き落とされる、という感覚に陥《おちい》ったのではなかろうか。下の者が解放されて上がってくるのは喜ぶべき話だが、自分たちの生活が余りに惨《みじ》めなものだから、自分たちが差別《さべつ》してきた集団と同じところに落とされるのはごめんだ、何としてでも阻止《そし》しなければならない、と思い込んだのではなかろうかと想像する。

いずれにせよ、明治四年の太政官布告《だじょうかんふこく》、いわゆる賤民解放令《せんみんかいほうれい》が出てから、明治五、六、七年にかけて全国的に起こったこの残虐《ざんぎゃく》な事件は不幸なことだが、もっと不幸なことは、いまだにそれらの真相が明らかになっていないということだ。殺した側は、一騒動《そうどう》すんで、憑《つ》き物《もの》が落ちてしまうと、かつて自分のやったことを証言しようとはしない。ごく普通の人が、相手を叩《たた》き殺してしまうような残酷《ざんこく》なことをやっているわけだから、思い出したくもないだろう。だから執拗《しつよう》に聞き取りを迫られても明らかにしない。あれから百年近くたっているが、いまだに全貌《ぜんぼう》は明らかになっていない。

賤民解放令《せんみんかいほうれい》が出てから、明治《めいじ》五〜七年にかけて、全国的に起こったこの残虐《ざんぎゃく》な事件と同じようなことが、近隣諸国《きんりんしょこく》に戦争を仕掛けたときにも起こっている。

明治時代の後半には、中国や朝鮮《ちょうせん》で日本の軍隊が、村全体に火をつけるとか、悲鳴をあげて逃げまどう者を捕《つか》まえては、その背中に藁束《わらたば》をくくりつけ、火をつけて焼いている。朝鮮総督府《そうとくふ》時代、日本旧陸軍の武官《ぶかん》が教会に村人を押し込めて、銃剣《じゅうけん》で小さな子どもまで全員を囲《かこ》いこんで、油をかけて殺害している。

部落に対する穢《けが》れ意識《いしき》は日本人の心の隅々《すみずみ》までしみこんでいるので、いろんな場面にいつでも顔を出してくる。だから部落差別がなかなかなくならない。これは恐ろしいほど精緻《せいち》にできあがっている。穢《けが》れ意識の根底は中世の頃に作られ、被差別民に対する差別意識が、近世はもちろん、明治以降も資本《しほん》の論理に巧《たく》みに使われながら、新しい装《よそお》いを持って差別《さべつ》を作りだしていく。

少し長いめのあとがき

この小説は、部落出身の若者達に差別をなくする闘いに起ちあがれとよびかける意図《いと》でまとめたものです。止むに止まれず筆を執《と》った一番の動機は、右のテーマを公の文章とする者は、私しかいないと思ったからです。

今一つ腹の立つことが多々ある中で、その一つとして、司馬遼太郎《しばりょうたろう》作「竜馬がゆく」を読んで、司馬の部落問題への無知をさらけだした文章に腹が立ったものです。司馬は、幕末期の資料を大量に買い込んだとも聞いています。長州《ちょうしゅう》藩における部落民軍隊の動きは、土佐《とさ》藩内の坂本竜馬や中岡慎太郎等にも良く知るところであったろうと思われます。長州《ちょうしゅう》藩の部落民軍隊の動きに呼応《こおう》する形で、慶応《けいおう》二年の八月土佐《とさ》藩内の部落民の身分解放を求める嘆願書「坂折小高東西穢多《えた》共」が城下に張り出されていた事実があります。このようなことは、封建時代の土佐《とさ》藩内では大事件です。しかしなぜか、司馬はこれについてはただの一行も触れてはいないのです。

一九九五年一月十七日、阪神大震災が起こりました。この作品は私の職場である県立神戸甲北高等学校の校長室で脳梗塞《のうこうそく》で倒れて以来、神戸市立中央市民病院で親友から譲り受けたワープロを慣れぬ手で操作して書き綴ってきたものです。ここまで書くのに、ほぼ六年かかりました。

終始書き続けるよう激励していただいた鶴見俊輔氏には衷心よりお礼を申し上げたい。また、樫木修二・鍛示英子夫妻にも感謝申し上げたい。

この小説を改めて書き続けようと思って、それまでに書き溜めていた文章のフロッピーを保管しておいてくれた神戸甲北高校の竹中敏浩教諭にお願いして、なんとか元の形に戻してもらいました。今思い出しても、このフロッピーの統合ができなかったら、もう書き続けることを諦めるしかなかったでしょう。そういう意味では、今は竹中先生がこの小説誕生の恩人だと心より感謝しています。

私が昔自由に歩けて、地域の住宅闘争に関わっていた頃、以下のようなことがありました。それは部落解放同盟中央本部主催の全国部落問題研究全国大会が開かれ、この辺のことが定かでないのですが、確か当時大相撲《おおずもう》九州場所が開かれていたところの九州電力会館の大ホールで開かれ、私は確か第四分科会の議長を務《つと》めたことを思い出しました。分科会の提案者が当時の部落解放同盟滋賀県連合会委員長でした。彼は在日朝鮮人で帰化して日本人となっていたことを、熱を込めて提案していました。そして彼が住んでいる部落の人々に押されて県連同盟の支部長となったという話であったと思います。彼は提案の中で、部落解放同盟に所属し、民主的な考えを持った人にも、日本人一般の朝鮮人への蔑視《べっし》観念は牢固《ろうこ》としてあり、それが一番の悩みであることを語っていました。

会場内におられた中国文学者の竹内好氏もこの辺のことを発言されました。実は竹内好先生に是非この集会に参加いただくようお誘いしたのが私でした。

当時、財団法人朝鮮問題研究所で差別事件があり、それを指摘したのが私でした。中国友の会が神戸のさる某ビルの会議室で開催され、友人と一緒に出席したおり、私がその集まりの後で、個人的に呼び止められ国際会館の地下の国際飯店でご一緒したのが、竹内先生と個人的にお出会いした最初の対面でした。「なんでも好きなものを注文していいですよ」と暖かい言葉をかけて頂き、私はラーメンを注文しました。確かその折は竹内先生は大変リラックスされたご様子で朝鮮問題研究所のこととかをお話しておられて、頃合いを見て「神戸の中国友の会の発展に尽力を頼む」と言われました。この折のお話で、「西田君、現代中国について、ちょっとした文章を書ける人間は君の身辺にいないかね。」と言われ、すぐに思い浮かべたのは、当時同じ湊川高校分会におられた山田敬三さん（彼は現在九州大学教授になっていると伺っています）の名前を出し、彼を推薦しました。山田敬三さんにはいきさつを説明し、協力をお願いしました。竹内先生のご都合をお聞きし、翌日この国際会館の同じ場所に山田敬三さんに来て頂くことでいいかと確約をとりました。後日談ですが、しばらくして私が東京へ公務で出た折り、武蔵野市吉祥寺東町《むさしのしきちじょうじ》の竹内先生のご自宅を訪問しました。神戸でのお礼を申し上げ、山田君の文章はどうですかとお尋ねしますと、「残念だけど山田君の文は使うわけにはいかんので、その件で西田君には何も言わなかったが、結果は私から山田君に連絡しました。お世話をかけました。ありがとう。」ということでした。

私が図々しく竹内先生宅をお尋ねしたのは、当時私は兵庫の解放教育研究会の事務局長をしており、竹内先生が快くご承知頂けるものならと講演をお願いにあがったためなのです。この折りは実を結びませんでしたが、その後も実績をあげておられる遠山啓氏など数多くの人たちをお招きしました。これらの延長線上で神戸に石牟礼道子氏にもおいで願ったこともありました。

この小説に関わることで大事なことを書き忘れていたので次に書いておきます。それは上野英信氏に関わることですが、こんなことがありました。一度神戸の番町部落にある私の十八軒長屋（この長屋はこの間の阪神大震災ですべて全壊しました）に、上野英信が泊めてくれとおっしゃっていたので、泊まってもらったことがありました。夜、私の母、きくも加わって焼酎《しょうちゅう》で歓迎の酒盛りをしました。

その時、主に私に上野英信氏がこんなことを話されたことがあります。日向灘《ひゅうがなだ》で目の前の海からも締め出されている穢多《えた》の身分に落とされた漁村の人々は、大嵐の晩などには、浜辺で古材木を積み上げ、夜通し消すことなく燃やし続けることをする村があるんですよ。なぜそんなことをするのか。沖合いを通る船で、嵐の時などは難破することが度々《たびたび》あったそうです。そんな時、浜辺にたむろしていたこの村の人々は、一斉にめいめいが動き始めるんだそうです。浜辺にぽつんと建っている船小屋に村の人々が集まっている中で親方らしい男がみんなに指図し、「皆の衆、そろそろ始めるか、焼酎《しょうちゅう》を目いっぱい飲めよ」と指図するんやそうです。難破した船から浜に打ち揚げられ助け出された人々を船小屋に運び込み、焼酎《しょうちゅう》を目一杯あおった男も女もみな着ているものを脱ぎ捨て、浜辺に横たえられている難破した人々を一人ひとり、人肌で温めるために真っ裸で抱いて寝るのだそうです。焼酎《しょうちゅう》で火照った身体で、冷たくなった身体のしんを温めるのだそうです。この村では嵐のたびにこうすることがいつものことだそうです。

上野英信氏はこの時、ご自分が京都大学を中途でやめていった理由を明かされました。それは「何も難しい訳があったのではなく、京大で学習する時間が勿体ない気がしてきて、大学をやめて炭坑に入ろうと思ったんです。」これが京都大学を中途退学した理由です。酒盛りもこんな調子で終わり、蒸し暑い中、せんべい布団《ふとん》で寝てもらいました。当時私の家は大家族で五人でした。そして翌朝に、彼は朝食の茶粥《ちゃがゆ》は苦手らしく、おふくろに「焼酎《しょうちゅう》をくださいい」と言いました。おふくろ（新人物往来社刊『近代民衆の記録部落民』に詳しい）は一瞬驚いたようだったが、「ちょっと待って、すぐ買うてくるから」と白いエプロンを着て出かけ、すぐに高田屋から焼酎《しょうちゅう》を仕入れて帰ってきて、上野氏にどうぞと勧めました。彼は「いただきます」と一気に飲んで、「ごちそうさま」とけろっとしていました。おふくろも当時失対に行っていたこともあり、時折冷や酒をコップで一杯一気に飲むぐらいの女でしたから、これ以後、上野氏のことを私に言う時は、「あの九州の飲んだくれは元気でやっとろうか」と聞いてくる有り様でした。

この日、彼が私宅を辞する時、彼を送って旧市電筋までのゆるい坂道を下って歩きながら話していた時、突然上野氏が「西田君、君は私にお礼を言わなくてはなりません」と言いますので、私はなんのことかわからず、きょとんとしていましたら（ここまでの同様の話は彼の岩波新書『地の底の笑い話』の中にも出てきます）、「西田君、炭坑夫はめったなことでは人の家に泊まらないんですよ。なぜかというと、炭坑夫が脱走する時、絶対に自分を警察に売らない村を見定めて、その村を目指してヤマを抜け出すんです。たいてい目指す村は、被差別部落の村でした。この人達は逃げてきた炭坑夫を絶対に警察に通報しませんからね。西田君、私が君の家に泊めてもらったのは、君に命を預けたということになります。だからこれ以上の信頼を表すことはないのですよ。だから西田君は私に礼を言ってほしいと言ったのですよ。」こう言って上野氏は九州に帰っていきました。それ以後の私と上野氏のお付き合いは、この線でつながっていたと思います。

今一つ是非触れておかなければならないことがあります。文中関西弁に陥りがちなのを、実際に見て頂いて長州《ちょうしゅう》弁に直していただいたのは、かつて兵庫県立伊川谷高校でご一緒し、後に県立長田高校の教頭になられた小池公二夫人和枝さんの御尽力によるものです。この紙面を借りて、心より感謝申し上げます。また、市立中央病院入院中にどなたかが方言に関する書籍を病院のベットに差し入れてくれたりと、大勢の人々の助けにより、この小説もどきの『長州藩部落民幕末伝説』はできました。諸兄に心よりお礼申し上げたいと思っています。

また、この小説での詳しい屠殺《とさつ》場の場面は、原爆画家と言われていた丸木俊さんと同行しての見物記であり、決してフィクションではありません。その頃、毎日曜日ごとに県下の高校から何人かの先生方が部落出身、在日朝鮮人生徒を連れて市の中央区にあった繊維街の高教組の二階の会議室に集まってきていました。そこに集まった生徒一人ひとりと私との激しい思想闘争が展開されていたと思います。それを何も知らない人は「西田のめくりあい」とも言っていました。その中の一人が高砂高校部落研出身の増田剛君でした。丸木俊さんに屠殺《とさつ》に携わる人の人権を復権することを目的とした絵本を作って頂くという願いをもって、草風館社長内川千裕氏と相談して、埼玉の丸木さんのアトリエを訪ねました。その後、東播磨の増田剛君に屠殺見学を頼んでもらい、屠殺場の所長さんの許可を頂いて、村の屠殺《とさつ》場に入れてもらったのです。

一頭の黒い牡牛《おうし》の屠殺《とさつ》の一部始終、最初から最後まで見届けた観察記です。

また、このほかにも関東授業研の申谷雄二先生・武藤啓司先生を初め、授業研の世話人である遊間勝夫君・登尾明彦先生たちのご尽力を頂いて、この本がこういう形で陽の目を見たのです。さらに出版基金を寄せていただいた多くの方々の救援にも心よりお礼申し上げます。こうして本当に大勢の人々の助けにより、本書はできました。最後に出版にこぎつけてくださった社会評論社の松田健二氏には何度も神戸に足を運んでいただき、感謝申し上げます。

二〇〇三年三月

西田秀秋

参考文献

『明治維新と賎民廃止令』(上杉聰　解放出版社)
『松陰と女囚と明治維新』(田中彰　ＮＨＫぶっくす)
『歴史誕生13』(角川書店)
『幕末維新期長州藩の政治構造』(三宅紹宣　歴史科学叢書　校倉書房)
『日本近代史の逆説――幕末の精神――』(片岡啓治　日本評論社)
『奇兵隊日記　四』(日本史籍協会叢書　東京大学出版会)

山口図書館並びに山口文書館所収の研究論文
「防長風土注進案と同和問題」(山口文書館)
「維新団に見る長州藩民衆の郷土防衛意識」(池田利彦)
「幕末長州藩の奇兵隊と部落民軍隊・兵農分離の原則と農町穢非登用の形式」(北川健)
「維新団の原像とその再生像・苗字なき兵団からのメッセージ」(北川健)
「部落民軍団維新団の基本像」(北川健)
「奇兵隊における穢多軍こと部落民登用の意義」(手島一雄)
『日本中世の非農業民と天皇』(網野善彦　岩波書店)
『異形の王権』(網野善彦　平凡社)

『日本の聖と賤』（野間宏、沖浦和光　人文書院）
『骨を噛む』（上野英信　大和書房）
『高杉晋作と奇兵隊』（田中彰　岩波書店）
『宗教の死活問題』（曾我量深　弥生書房）
『松下村塾の人びと』（ミネルヴァ書房）
『幕末思想集』（鹿野政直編集　筑摩書房）

跋文　類書をこえて持つ力

鶴見俊輔

明治の日本は、それまでの自分をかなぐり捨てて、ヨーロッパの眼鏡で自分たちの過去を見た。その結果、自分の成し遂げたことをとらえることができなくなった。どうして明治のご一新はなされたのか。知識人はそれをフランス大革命、イギリスのクロムウェル革命の模型にあわせてとらえ、どこが欠落しているかを見つけた。

長州はどのようにして幕府軍を倒したのか。その時、奇兵隊の一翼を担った被差別部落の人たちが、どのような情念を持って、これに力を貸したか。そこから変動をとらえる試みは、これまで学校の教科書には現れなかった視角を私たちの歴史に切り拓く。

著者・西田秀秋は、部落解放運動に力をそそいだ。その生活につちかわれた構想をもって、長州の未解放部落が明治の改革の推進力となってゆく過程を描く。この歴史小説はこれまでに私達の与えられてきた明治維新像に考え直しを迫る。著者の筆づかいが、歴史を生きたものにしている。
武士の階級性をこえる兵士の組織をつくることに、高杉晋作、吉田稔麿たちの卓見があった。同時に、その提案を受け入れて、これに参加した被差別部落民が、この新しい組織によってすぐさまに解放されることはなかった。その影の部分を見据え、影と取り組み続ける姿勢を描く。この歴史小説には、これまでの類書をこえて持つ力がある。

著者・西田秀秋は、あばれものである。そのあばれものとしての活動に私は、四十年前に直面した。日本の教育が、活力をうしなって国家官僚の言いなりになっておとろえてゆくこの四十年のあいだに、彼は奮闘をつづけ、今日まで力をうしなっていない。現役教師として引退し、車椅子の生活に入ってからも、構想力をそだてて、一篇の物語を完成した。

この作品は、幕末に対して、通説とは別の視点をもってするだけでなく、現在の日本の社会の中にあって、まるめこまれない気概をもってこれを見すえる力を、同時代に手わたす。四十年前の出会いが、それだけに終ることなく、もうひとつの出会いの機縁となったことを私はありがたいと思う。

二〇〇三年三月一日

西田秀秋（にしだ・ひであき）
1937年、神戸市に生まれる。中学卒業後、70種近くの職業を転々とし、1963年、湊川高校を卒業。立命館大学に進み、31歳で湊川高校の教員となる。その間、全国同和教育研究協議会委員、兵庫県同和教育研究協議会役員、神戸地区県立学校同和教育研究協議会幹事長なおをつとめる。1998年、神戸甲北高校長を退職。その間、神戸地区県立学校同和教育研究協議会会長などをつとめる。著書に『在日朝鮮青年の証言』（三省堂）『「おきみやげ」のはなし』（明治図書）『部落民』（新人物往来社）『校長の学校改革——原点としての解放教育』（社会評論社）『部落差別はなぜなくならないのか』（神戸新聞総合出版センター）などがある。
現住所　〒654-0151　神戸市須磨区北落合2丁目12-355-101
TEL 078(791)5675

長州藩部落民幕末伝説

2003年6月15日　初版第1刷発行

著　者——西田秀秋
装　幀——桑谷速人
発行人——松田健二
発行所——株式会社社会評論社
東京都文京区本郷2-3-10
☎03(3814)3861　FAX, 03(3818)2808
http://www.shahyo.com
印　刷——S企画＋互恵印刷
製　本——東和製本

ISBN4-7845-0500-8